林徽因精选集

民国文学名家精选集

齊魯書社

“民国文学名家精选集”丛书

林徽因

1920 年，林徽因于英国伦敦

20 世纪 30 年代的林徽因

1924 年 4 月，诗人泰戈尔访问北京期间与林徽因等人合影

目 录

辑一　诗歌

辑二　散文

辑三　小说

辑四　书信

辑五　文论

辑一 诗歌

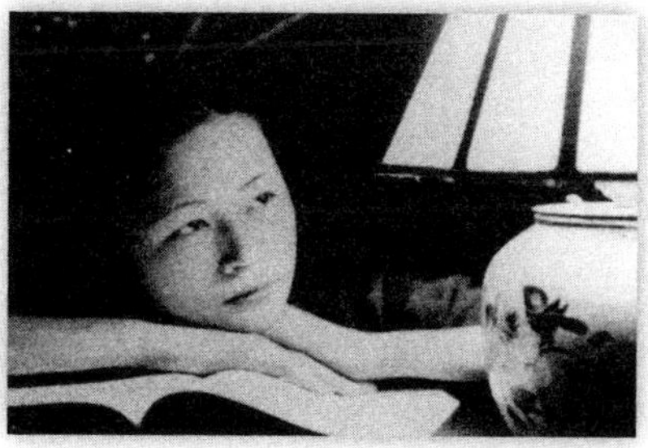

1931 年，林徽因在北平北总布胡同三号家中

"谁爱这不息的变幻"

谁爱这不息的变幻，她的行径？
　催一阵急雨，抹一天云霞，月亮，
　星光，日影，在在都是她的花样，
更不容峰峦与江海偷一刻安定。
骄傲的，她奉着那荒唐的使命：
　看花放蕊树凋零，娇娃做了娘；
　叫河流凝成冰雪，天地变了相；
都市喧哗，再寂成广漠的夜静！
　虽说千万年在她掌握中操纵，
她不曾遗忘一丝毫发的卑微。
难怪她笑永恒是人们造的谎，
　来抚慰恋爱的消失，死亡的痛。
但谁又能参透这幻化的轮回，
谁又大胆的爱过这伟大的变幻？

香山　四月十二日

初刊于1931年4月《诗刊》第2期，署名当期误为林薇因，下一期更正为林徽因。

那一晚

那一晚我的船推出了河心，
澄蓝的天上托着密密的星。
那一晚你的手牵着我的手，
迷惘的星夜封锁起重愁。
那一晚你和我分定了方向，
两人各认取个生活的模样。

到如今我的船仍然在海面飘，
细弱的桅杆常在风涛里摇。
到如今太阳只在我背后徘徊，
层层的阴影留守在我周围。
到如今我还记着那一晚的天，
星光、眼泪、白茫茫的江边！
到如今我还想念你岸上的耕种：
红花儿黄花儿朵朵的生动。

那一天我希望要走到了顶层，
蜜一般酿出那记忆的滋润。
那一天我要挎上带羽翼的箭，

望着你花园里射一个满弦。

那一天你要听到鸟般的歌唱，

那便是我静候着你的赞赏。

那一天你要看到零乱的花影，

那便是我私闯入当年的边境！

初刊于1931年4月《诗刊》第2期，署名尺棰。

深夜里听到乐声

这一定又是你的手指，
轻弹着，
在这深夜，稠密的悲思；

我不禁颊边泛上了红，
静听着，
这深夜里弦子的生动。

一声听从我心底穿过，
忒凄凉
我懂得，但我怎能应和？

生命早描定她的式样，
太薄弱
是人们的美丽的想象。

除非在梦里有这么一天，

你和我

同来攀动那根希望的弦。

初刊于1931年10月5日《诗刊》第3期，署名林徽音。

仍然

你舒伸得像一湖水向着晴空里
白云，又像是一流冷涧澄清
许我循着林岸穷究你的泉源：
我却仍然怀抱着百般的疑心
对你的每一个映影！

你展开像个千瓣的花朵！
鲜妍是你的每一瓣，更有芳沁，
那温存袭人的花气，伴着晚凉：
我说花儿，这正是春的捉弄人，
来偷取人们的痴情！

你又学叶叶的书篇随风吹展，
揭示你的每一个深思；每一角心境，
你的眼睛望着，我，不断的在说话：

我却仍然没有回答，一片的沉静
永远守住我的魂灵。

初刊于1931年4月《诗刊》第2期，署名尺棰。

激　昂

我要借这一时的豪放
和从容，灵魂清醒的
再喝一泉甘甜的鲜露，
来挥动思想的利剑，
舞它那一瞥最敏锐的
锋芒，像皑皑塞野的雪
在月的寒光下闪映，
喷吐冷激的辉艳；——斩，
斩断这时间的缠绵，
和猥琐网布的纠纷，
剖取一个无瑕的透明，
看一次你，纯美，
你的裸露的庄严。
……
　　　　　　　然后踩登
任一座高峰，攀牵着白云
和锦样的霞光，跨一条
长虹，瞰临着澎湃的海，

在一穹匀静的澄蓝里，
书写我的惊讶与欢欣，
献出我最热的一滴眼泪，
我的信仰，至诚，和爱的力量，
永远膜拜，
膜拜在你美的面前！

五月　香山

初刊于1931年9月《北斗》创刊号，署名林徽音。

一首桃花

桃花，
那一树的嫣红，
像是春说的一句话；

朵朵露凝的娇艳，
是一些
玲珑的字眼，
一瓣瓣的光致，
又是些
柔的匀的吐息；

含着笑，
在有意无意间
生姿的顾盼。

看，——
那一颤动在微风里
她又留下，淡淡的，

在三月的薄唇边，
一瞥，
一瞥多情的痕迹！

二十年五月　香山

初刊于 1931 年 10 月 5 日《诗刊》第 3 期。

莲　灯

如果我的心是一朵莲花，
正中擎出一支点亮的蜡，
荧荧虽则单是那一剪光，
我也要它骄傲的捧出辉煌；
不怕它只是我个人的莲灯
照不见前后崎岖的人生——
浮沉它依附着人海的浪涛
明暗自成了它内心的秘奥。
单是那光一闪花一朵——
像一叶轻舸驶出了江河——
宛转它漂随命运的波涌
等候那阵阵风向远处推送。
算做一次过客在宇宙里，
认识这玲珑的生从容的死，
这飘忽的途程也就是个——
也就是个美丽美丽的梦。

廿一年七月半　香山

初刊于1933年3月1日《新月》第4卷第6期。

中夜钟声

钟声
　敛住又敲散
　　一街的荒凉
听——
　　那圆的一颗颗声响
　　直沉下时间
　　　　　　静寂的
　　　　　　　咽喉。

　像哭泣，
　像哀恸，
将这僵黑的
中夜
　葬入
　那永不见曙星的
　　空洞——

轻——重，……

——重——轻……

这摇曳的一声声，

　又凭谁的主意

　把那余剩的忧惶

随着风冷——

　纷纷

　　掷给还不成梦的

　　　　　　　人。

初刊于1933年3月1日《新月》第4卷第6期，正文署名徽音，目录栏为林徽音。

山中一个夏夜

山中一个夏夜，深得
像没有底一样；
黑影，松林密密的；
周围没有点光亮。
　　对山闪着只一盏灯——两盏
　　像夜的眼，夜的眼在看！

满山的风全蹑着脚
像是走路一样
躲过了各处的枝叶
各处的草，不响。
　　单是流水，不断的在山谷上
　　石头的心，石头的口在唱。

均匀的一片静，罩下
　　像张软垂的幔帐。
　　疑问不见了，四角里
　　模糊，是梦在窥探？

夜像在祈祷，无声的在期望
幽馥的虔诚在无声里布漫。

初刊于1933年6月1日《新月》第4卷第7期，署名林徽音。现存诗作手稿第三节为：

虫鸣织成那一片静，寂寞
　　像垂下的帐幔；
　　仲夏山林在内中睡着，
　　幽香四下里浮散。
　　　　黑影枕着黑影，默默的无声，
　　　　夜的静，却有夜的耳在听！

微　光

街上没有光，没有灯，
店廊上一角挂着有一盏；
他和她把他们一家的运命
含糊的，全数交给这黯淡。

街上没有光，没有灯，
店窗上，斜角，照着有半盏。
合家大小朴实的脑袋，
并排儿，熟睡在土炕上。

外边有雪夜；有泥泞；
沙锅里有不够明日的米粮；
小屋，静守住这微光，
缺乏着生活上需要的各样。

缺的是把干柴；是杯水；麦面……
为这吃的喝的，本说不到信仰，——
生活已然，固定的，单靠气力，

在肩臂上边，来支持那生的胆量。

明天，又明天，又明天……
一切都限定了，谁还说希望，——
便使是做梦，在梦里，闪着，
仍旧是这一粒孤勇的光亮？

街角里有盏灯，有点光，
挂在店廊；照在窗槛；
他和她，把他们一家的运命
明白的，全数交给这凄惨。

二十二年九月

初刊于1933年9月27日《大公报·文艺副刊》第2期，署名徽音。

秋天，这秋天

这是秋天，秋天，——
风还该是温软；
太阳仍笑着那微笑，
闪着金银；夸耀
他实在无多了的
最奢侈的早晚！
这里那里，在这秋天，
斑彩错置到各处
山野，和枝叶中间，
像醉了的蝴蝶，或是
珊瑚珠翠，华贵的失散，
缤纷降落到地面上。
这时候心得像歌曲；
由山泉的水光里闪动，
浮出珠沫，溅开
山石的喉嗓唱。
这时候满腔的热情
全是你的，秋天懂得，

秋天懂得那狂放，——
秋天爱的是那不经意
不经意的零乱！

但是秋天，这秋天，
他撑着梦一般的喜筵，
不为的是你的欢欣：
他撒开手，一掬璎络，
一把落花似的幻变，
还为的是那不定的
悲哀，归根儿蒂结住
在这人生的中心！
一阵萧萧的风，起自
昨夜西窗的外沿，
摇着梧桐树哭。——
起始你怀疑着：
荷叶还没有残败；
小划子停在水流中间；
夏夜的细语，夹着虫鸣，
还信得过仍然偎着
耳朵旁温甜；

但是梧桐叶带来桂花香，
已打到灯盏的光前。
一切都两样了，他闪一闪说，
只要一夜的风，一夜的幻变。

冷雾迷住我的两眼，
在这样的深秋里，
你又同谁争？现实的背面
是不是现实，荒诞的，
果属不可信的虚妄？
疑问抵不住单简的残酷，
再别要悯惜流血的哀惶，
趁一次里，要认清
造物更是摧毁的工匠。
信仰只一细炷香，
那点子亮再经不起西风
沙沙的隔着梧桐树吹！

如果你忘不掉，忘不掉
那同听过的鸟啼；
同看过的花好，信仰

该在过往的中间安睡。……
秋天的骄傲是果实，
不是萌芽，——生命不容你
不献出你积累的馨芳；
交出受过光热的每一层颜色；
点点沥尽你最难堪的酸怆。

这时候，

切不用哭泣；或是呼唤；
更用不着闭上眼祈祷；
（向着将来的将来空等盼）；
只要低低的，在静里，低下去
已困倦的头来承受，——承受
这叶落了的秋天，
听风扯紧了弦索自歌挽：
这夜，这夜，这惨的变换！

二十二年十一月中旬

初刊于1933年11月18日《大公报·文艺副刊》第17期，署名徽音。

你是人间的四月天

——一句爱的赞颂

我说你是人间的四月天；
笑响点亮了四面风；轻灵
在春的光艳中交舞着变。

你是四月早天里的云烟，
黄昏吹着风的软，星子在
无意中闪，细雨点洒在花前。

那轻，那娉婷，你是，鲜妍
百花的冠冕你戴着，你是
天真，庄严，你是夜夜的月圆。

雪化后那片鹅黄，你像；新鲜
初放芽的绿，你是；柔嫩喜悦
水光浮动着你梦期待中白莲。

你是一树一树的花开，是燕

在梁间呢喃，——你是爱，是暖，
是希望*，你是人间的四月天！

*作者后将“希望”改作“诗的一篇”。

初刊于1934年5月《学文》第1卷第1期，署名林徽因。

吊玮德

玮德，是不是那样，
你觉到乏了，有点儿
不耐烦，
并不为别的缘故
你就走了，
向着哪一条路？

玮德你真是聪明；
早早的让花开过了
那顶鲜妍的几朵，
就选个这样春天的清晨，
挥一挥袖
对着晓天的烟霞
走去，轻轻的，轻轻的
背向着我们。
春风似的不再停住！

春风似的吹过，

你却留下
永远的那么一颗
少年人的信心；
少年的微笑
和悦的
洒落在别人的新枝上。
我们骄傲
你这骄傲
但你，玮德，独不惆怅
我们这一片
懦弱的悲伤？

黯淡是这人间
美丽不常走来
你知道。
歌声如果有，也只在
几个唇边旋转！
一层一层尘埃，
凄怆是各样的安排，
即使狂飚不起，狂飚不起，
这远近苍茫，

雾里狼烟，
谁还看见花开！

你走了，
你也走了，
尽走了，再带着去
那些儿馨芳，
那些个嘹亮，
明天再明天，此后
寂寞的平凡中
都让谁来支持？
一星星理想，难道
从此都空挂到天上？

玮德你真是个诗人
你是这般年轻，好像
天方放晓，钟刚敲响……
你却说倦了，有点儿
不耐烦忍心，
一条虹桥由中间拆断，
情愿听杜鹃啼唱，

相信有明月长照，

寒光水底能依稀映成

那一半连环

憬憧中

你诗人的希望！

玮德是不是那样

你觉得乏了，人间的怅惘

你不管；

莲叶上笑着展开

浮烟似的诗人的脚步。

你只相信天外那一条路？

廿四年五月十日　北平

初刊于1935年6月南京《文艺月刊》第7卷第6期，署名林徽因。

灵　感

是你，是花，是梦，打这儿过，
此刻像风在摇动着我：
告诉日子重叠盘盘的山窝；
清泉潺潺流动转狂放的河；
孤僻林里闲开着鲜妍花，
细香常伴着圆月静天里挂：
且有神仙纷纭的浮出紫烟，
衫裾飘忽映影在山溪前；
给人的理想和理想上
铺香花，叫人心和心合着唱；
直到灵魂舒展成条银河，
长长流在天上一千首歌！

是你，是花，是梦，打这里儿过，
此刻像风，在摇动着我；
告诉日子是这样的不清醒；
当中偏响着想不到的一串铃。
树枝里轻声摇曳；金镶上翠，

低了头的斜阳，又一抹光辉。
难怪阶前人忘掉黄昏，脚下草，
高阁古松，望着天上点骄傲，
留下檀香，木鱼，合掌
在神龛前，在蒲团上，
楼外又楼外，幻想彩霞却缀成
凤凰栏杆，挂起了塔顶上灯！

二十四年十月　徽因作于北平

初刊于1985年3月人民文学出版社出版的《林徽因诗集》，作者生前未曾发表。

雨后天

我爱这雨后天，
这平原的青草一片！
我的心没底止的跟着风吹，
风吹：
吹远了草香，落叶，
吹远了一缕云，像烟——
像烟。

二十一年十月一日

初刊于1936年3月15日《大公报·文艺副刊》第一百一十期，此期为“星期特刊”，署名徽因。

记　忆

断续的曲子，最美或最温柔的
夜，带着一天的星。
记忆的梗上，谁不有
两三朵娉婷，披着情绪的花
无名的展开
野荷的香馥
每一瓣静处的月明。

湖上风吹过，额发乱了，或是
水面皱起像鱼鳞的锦。
四面里的辽阔，如同梦
荡漾着中心彷徨的过往
不着痕迹，谁都
认识那图画，
沉在水底记忆的倒影！

二十五年二月

初刊于1936年3月22日《大公报·文艺副刊》第114期，此期为“星期特刊”，署名徽因。

静院

你说这院子深深的——
美从不是现成的。
这一掬静，
到了夜，你算，
就需要多少铺张？
月圆了残，叫卖声远了，
隔过老杨柳，一道墙，又转，
初一？凑巧谁又在烧香，……
离离落落的满院子，
不定是神仙走过，
仅是迷惘，像梦，……
窗槛外或者是暗的，
或透那么一点灯火。

这掬静，院子深深的
——有人也叫它做情绪——
情绪，好，你指点看
有不有轻风，轻得那样
没有声响，吹着凉？

黑的屋脊，自己的，人家的，
兽似的背脊着，又像
寂寞在嘶声的喊！
石阶，尽管沉默，你数，
多少层下去，下去，
是不是还得栏杆，斜斜的
双树的影去支撑？

对了，角落里边
还得有人低着头脸。
会忘掉又会记起，——会想，
——那不论——或者是
船去了，一片水，或是
小曲子唱得嘹亮；
或是枝头粉黄一朵，
记不得谁了，又向谁认错！
又是多少年前，——夏夜。
有人说：
“今夜，天，……”（也许是秋夜）
又穿过藤萝，
指着一边，小声的，“你看，

星子真多！”
草上人描着影子；
那样点头，走，
又有人笑，……

静，真的，你可相信
这平铺的一片——
不单是月光，星河，
雪和萤虫也远——
夜，情绪，进展的音乐，
如果慢弹的手指
能轻似蝉翼，
你拆开来看，纷纭，
那玄微的细网
怎样深沉的拢住天地，
又怎样交织成
这细致飘缈的彷徨！

二十五年一月

初刊于1936年4月12日《大公报·文艺副刊》第122期，此期为“星期特刊”，署名徽因。

题别空菩提叶

认得这透明体，
智慧的叶子掉在人间？
消沉，慈静——
那一天一闪冷焰，
一叶无声的坠地，
仅证明了智慧寂寞
孤零的终会死在风前！
昨天又昨天，美
还逃不出时间的威严：
相信这里睡眠着最美丽的
骸骨，一丝魂魄月边留念，
…………
菩提树下清荫则是去年！

二十五年四月二十三日

初刊于1936年5月17日《大公报·文艺副刊》第146期，此期为“星期特刊”，署名徽因。

黄昏过泰山

记得那天
心同一条长河，
让黄昏来临，
月一片挂在胸襟。
如同这青黛山，
今天，
心是孤傲的屏障一面；
葱郁，
不忘却晚霞，
苍莽，
却听脚下风起，
来了夜——

初刊于1936年7月19日《大公报·文艺副刊》第182期。此期为“诗歌特刊”，署名林徽因。

昼　梦

昼梦

垂着纱，

无从追寻那开始的情绪

还未曾开花；

柔韧得像一根

乳白色的茎，缠住

纱帐下；银光

有时映亮，去了又来；

盘盘丝路

一半头落在梦外。

花竟开了，开了；

零落的攒集，

从容的舒展。

一朵，那千百瓣！

抖擞那不可言喻的

刹那情绪，

庄严峰顶——

天上一颗星……

　　　晕紫，深赤，

天空外旷碧，

是颜色同颜色浮溢，腾飞……

深沉，

又凝定——

悄然香馥，

袅娜一片静。

昼梦

垂着纱，

无从追踪的情绪

开了花；

四下里香深，

低覆着禅寂；

间或游丝似的摇移，

悠忽一重影，

悲哀或不悲哀

全是无名，

一闪僝僽。

二十五年暑中　北平

初刊于1936年8月30日《大公报·文艺副刊》第206期，此期为“诗歌特刊”，署名林徽因。

八月的忧愁

黄水塘里游着白鸭，
高粱梗油青的刚高过头，
这跳动的心怎样安插，
田里一窄条路，八月里这忧愁？

天是昨夜雨洗过的，山岗
照着太阳又留一片影；
羊跟着放羊的转进村庄，
一大棵树荫下罩着井，又像是心！

从没有人说过八月甚么话，
夏天过去了，也不到秋天。
但我望着田垄，土墙上的瓜，
仍不明白生活同梦怎样底连牵。

二十五年夏末

初刊于1936年9月30日《大公报·文艺副刊》第224期，署名徽因。

冥 思

心此刻同沙漠一样平*，
思想像孤独的一个阿拉伯人；
仰脸孤独的向天际望
落日远边奇异的霞光，
安静的，又侧个耳朵听
远处一串骆驼的归铃。

在这白色的周遭中，
一切像凝冻的雕形不动；
白袍，腰刀，长长的头巾，
浪似的云天，沙漠上风！
偶有一点子振荡闪过大线，
残霞边一颗星子出现。

二十五年夏末

*此句作者后改为“此刻胸前同沙漠一样平”。

初刊于1936年12月13日《大公报·文艺副刊》第265期，署名林徽因。

空 想

终日的企盼企盼正无着落，——
太阳穿窗棂影，种种花样。
暮秋梦远，一首诗似的寂寞，
真怕看光影，花般洒在满墙。

日子悄悄的仅按沉吟的节奏，
尽打动简单曲，像钟摇响。
不是光不流动，花瓣子不点缀时候，
是心漏却忍耐，厌烦了这空想！

初刊于1936年12月《新诗》第3期时与《你来了》《“九一八”闲走》《藤花前——独过静心斋》《旅途中》并题为《空想（外四章）》。

你来了

你来了，画里楼阁立在山边，
 交响曲，由风到风，草青到天！
阳光投多少个方向，谁管？你，我
如同画里人，掉回头，便就不见！
你来了，花开到深深的深红；
绿萍遮住池塘上一层晓梦，
鸟唱着，树梢交织着枝柯，——白云
却是我们，悠忽翻过好几重天空！

一九三四

注：诗的最后两句后被作者改为：“鸟唱着，树梢头织起细细枝柯——白云却是我们，翻过好几重天空！”

初刊于1936年12月《新诗》第3期时为《空想（外四章）》的“外四章”之一。

“九一八”闲走

天上今早盖着两层灰，
地上一堆黄叶在徘徊，
惘惘的是我跟着凉风转，
荒街小巷，蛇鼠般追随！

我问秋天，秋天似也疑问我：
在这尘沙中又挣扎些什么，
黄雾扼住天的喉咙，
处处仅剩情绪的残破？

但我不信热血不仍在沸腾；
思想不仍铺在街上多少层；
甘心让来往车马狠命的轧压，
待从地面开花，另来一种完整。

初刊于1936年12月《新诗》第3期时为《空想（外四章）》的“外四章”之二。

藤花前

——独过静心斋

紫藤花开了
轻轻的放着香
没有人知道……

紫藤花开了
轻轻的放着香，
没有人知道。
楼不管，曲廊不作声，
蓝天里白云行去，
池子一脉静；
水面散着浮萍，
水底下挂着倒影。

紫藤花开了
没有人知道！
蓝天里白云行去，
小院，

无意中我走到花前。
轻香，风吹过
花心，
风吹过我，——
望着无语，紫色点。

初刊于1936年12月《新诗》第3期时为《空想(外四章)》的“外四章”之三。

旅途中

我卷起一个包袱走，
过了一个山坡子松，
又走过了一个小庙门，
在早晨最早的一阵风中。
我心里没有埋怨，人或是神；
天底下的烦恼，连我的
拢总，
像已交给谁去，……

前面天空。
山中水那样清，
山前桥那么白净，——
我不知道造物者认不认得
自己图画；
乡下人的笠帽，草鞋，
乡下人的性情。

暑中在山东乡间步行　二十五年夏

初刊于1936年12月《新诗》第3期时为《空想（外四章）》的“外四章”之四。

红叶里的信念

年年不是要看西山的红叶，
谁敢看西山红叶？不是
要听异样的鸟鸣，停在
那一个静幽的树枝头，
是脚步不能自已的走——
走，迈向理想的山拗子
寻觅从未曾寻着的梦：
一茎梦里的花，一种香，
斜阳四处挂着，风吹动，
转过白云，小小一角高楼。

钟声已在脚下，松同松
并立着等候，山野已然
百般渲染豪侈的深秋。
梦在哪里，你的一缕笑，
一句话，在云浪中寻遍
不知落到哪一处？流水已经
渐渐的清寒，载着落叶

穿过空的石桥，白栏杆，
叫人不忍再看，红叶去年
同踏过的脚迹火一般。
好，抬头，这是高处，心卷起
随着那白云浮过苍茫，
别计算在哪里驻脚，去，
相信千里外还有霞光，
像希望，记得那烟霞颜色，
就不为编织美丽的明天，
为此刻空的歌唱，空的
凄恻，空的缠绵，也该放
多一点勇敢，不怕连牵
斑驳金银般旧积的创伤！

再看红叶每年，山重复的
流血，山林，石头的心胸
从不倚借梦支撑，夜夜
风像利刃削过大土壤，
天亮时沉默焦灼的唇，
忍耐的仍向天蓝，呼唤
瓜果风霜中完成，呈光彩，

自己山头流血，变坟台！
平静，我的脚步，慢点儿去，
别相信谁曾安排下梦来！
一路上枯枝，鸟不曾唱，
小野草香风早不是春天。
停下！停下！风同云，水同
水藻全叫住我，说梦在
背后，蝴蝶秋千理想的
山坳同这当前现实的
石头子路还缺个牵连！
愈是山中奇妍的黄月光
挂出树尖，愈得相信梦，
梦里斜晖一茎花是谎！

但心不信！空虚的骄傲
秋风中旋转，心仍叫喊
理想的爱和美，同白云
角逐；同斜阳笑吻；同树，
同花，同香，乃至同秋虫
石隙中悲鸣，要携手去；
同奔跃嬉游水面的青蛙，

盲目的再去寻盲目日子，——
要现实的热情另涂图画，
要把满山红叶采作花！

这萧萧瑟瑟不断的呜咽，
掠过耳鬓也还卷着温存，
影子在秋光中摇曳，心再
不信光影外有串疑问！
心仍不信，只因是午后，
那片竹林子阳光穿过
照暖了石头，赤红小山坡，
影子长长两条，你同我
曾经参差那亭子石路前，
浅碧波光老树干旁边！

生命中的谎再不能比这把
颜色更鲜艳！记得那一片
黄金天，珊瑚般玲珑叶子
秋风里挂，即使自己感觉
内心流血，又怎样个说话？
谁能问这美丽的后面

是什么？赌博时，眼闪亮，
从不悔那猛上孤注的力量；
都说任何苦痛去换任何一分，
一毫，一个纤微的理想！

所以脚步此刻仍在迈进，
不能自已，不能停！虽然山中
一万种颜色，一万次的变，
各种寂寞已环抱着孤影；
热的减成微温，温的又冷，
焦黄叶压踏在脚下碎裂，
残酷地散排昨天的细屑，
心却仍不问脚步为甚固执，
那寻不着的梦中路线，——
仍依恋指不出方向的一边！
西山，我发誓底，指着西山，
别忘记，今天你，我，红叶，
连成这一片血色的伤怆！
知道我的日子仅是匆促的
几天，如果明年你同红叶
再红成火焰，我却不见，……

深紫，你山头须要多添
一缕抑郁热情的象征，
记下我曾为这山中红叶，
今天流血地存一堆信念！

初刊于 1937 年《新诗》第 4 期。

山中

紫色山头抱住红叶，将自己影射在山前，
人在小石桥上走过，渺小的追一点子想念。
高峰外云在深蓝天里镶白银色的光转，
用不着桥下黄叶，人在泉边，才记起夏天！

也不因一个人孤独的走路，路更蜿蜒，
短白墙房舍像画，仍画在山坳另一面，
只这丹红叶叶替代人记忆失落的层翠，
深浅围抱这同一个山头，惆怅如薄层烟。

山中斜长条青影，如今红萝乱在四面，
百万落叶火焰在寻觅山石荆草边，
当时黄月下共坐天真的青年人情话，相信
那三两句长短，星子般仍挂秋风里不变。

廿五年秋

初刊于1937年1月29日《大公报·文艺副刊》第292期，署名徽因。

十月独行

像个灵魂失落在街边，
我望着十月天上十月的脸，
我向雾里黑影上涂热情
悄悄的看一团流动的月圆。

我也看人流着流着过去，来回
黑影中冲着波浪翻星点
我数桥上栏杆龙样头尾
像坐一条寂寞船，自己拉纤。

我像哭，像自语，我更自己抱歉！
自己焦心，同情，一把心紧似琴弦，——
我说哑的，哑的琴我知道，一出曲子
未唱，幻望的手指终未来在上面？

二十五年冬十二月

初刊于 1937 年 3 月 7 日《大公报·文艺副刊》第 307 期，署名徽因。

时　间

人间的季候永远不断在转变
春时你留下多处残红，翩然辞别，
本不想回来时同谁叹息秋天！

现在连秋云黄叶又已失落去
辽远里，剩下灰色的长空一片
透彻的寂寞，你忍听冷风独语？

初刊于1937年3月14日《大公报·文艺副刊》第310期，此期为“诗歌特刊”，署名徽因。

古城春景

时代把握不住时代自己的烦恼，——
轻率的不满，就不叫它这时代牢骚——
偏又流成愤怨，聚一堆黑色的浓烟
喷出烟囱，那矗立的新观念，在古城楼对面！

怪得这嫩灰色一片，带疑问的春天
要泥黄色风沙，顺着白洋灰街沿，
再低着头去寻觅那已失落了的浪漫
到蓝布棉帘子，万字栏杆，仍上老店铺门槛？

寻去，不必有新奇的新发现，旧有保障
即使古老些，需要翡翠色甘蔗做拐杖
来支撑城墙下小果摊，那红鲜的冰糖葫芦
仍然光耀，串串如同旧珊瑚，还不怕新时代的尘土。

二十六年春　北平

初刊于 1937 年 4 月《新诗》第 2 卷第 4 期。

除夕看花

新从嘈杂着异乡口调的花市上买来，
碧桃雪白的长枝，同红血般的山茶花。
着自己小角隅再用精致鲜艳来结采，
不为着锐的伤感，仅是钝的还有剩余下！

明知道房里的静定，像弄错了季节，
气氛中故乡失得更远些，时间倒着悬挂；
过年也不像过年，看出灯笼在燃烧着点点血，
帘垂花下已记不起旧时热情、旧日的话。

如果心头再旋转着熟识旧时的芳菲，
模糊如条小径越过无数道篱笆，
纷纭的花叶枝条，草看弄得人昏迷，
今日的脚步，再不甘重踏上前时的泥沙。

月色已冻住，指着各处山头，河水更零乱，
关心的是马蹄平原上辛苦，无响在刻画，

除夕的花已不是花，仅一句言语梗在这里，
抖战着千万人的忧患，每个心头上牵挂。

初刊于1939年6月28日香港《大公报·文艺副刊》，署名徽因。

死是安慰

个个连环，永打不开，
生是个结，又是个结！
　　死的实在，
　　　一朵云彩。

一根绳索，永远牵住，
生是张风筝，难得飘远，
　　死是江雾，
　　　迷茫飞去！

长条旅程，永在中途，
生是脚步，泥般沉重，——
　　死是尽处，
　　　不再辛苦。

一曲溪涧，日夜流水，
生是种奔逝，永在离别！

死只一回，

它是安慰。

初刊于沈从文编1947年1月4日天津《益世报·文学周刊》第22期，此期为“诗与散文特辑”，署名林徽因。

诗（三首）

给秋天

正与生命里一切相同，
我们爱得太是匆匆；
好像只是昨天，
你还在我的窗前！

笑脸向着晴空
你的林叶笑声里染红
你把黄光当金子般散开
稚气，豪侈，你没有悲哀。

你的红叶是亲切的牵绊，那零乱
每早必来缠住我的晨光。
我也吻你，不顾你的背影隔过玻璃窗！
你常淘气的闪过，却不对我忸怩。

可是我爱得多么疯狂，
竟未觉察凄厉的夜晚
已在你背后尾随，——

等候着把你残忍的摧毁！

一夜呼号的风声
果然没有把我惊醒，
等到太晚的那个早晨
啊。天！你已经不见了踪影。

我苛刻的咒诅自己
但现在有谁走过这里
除却严冬铁样长脸
阴雾中，偶然一见。

初刊于1947年5月4日《大公报·星期文艺副刊》第30期时为《诗（三首）》之一，署名林徽因。

人 生

人生，
你是一支曲子，
我是歌唱的；

你是河流
我是条船，一片小白帆
我是个行旅者的时候，
你，田野，山林，峰峦。

无论怎样，
颠倒密切中牵连着
你和我，
我永从你中间经过；

我生存，
你是我生存的河道，
理由同力量。
你的存在
则是我胸前心跳里

五色的绚彩

但我们彼此交错

并未彼此留难。

……

现在我死了，

你，——

我把你再交给他人负担！

初刊于1947年5月4日《大公报·星期文艺副刊》第30期时为《诗（三首）》之二，署名林徽因。

展缓

当所有的情感
都并入一股哀怨
如小河，大河，汇向着
无边的大海，——不论
怎么冲急，怎样盘旋，——
那河上劲风，大小石卵，
所做成的几处逆流，
小小港湾，就如同
那生命中，无意的宁静
避开了主流；情绪的
平波越出了悲愁。

停吧，这奔驰的血液；
它们不必全然废弛的
都去造成眼泪。
不妨多几次辗转，溯洄流水，
任凭眼前这一切缭乱，
这所有，去建筑逻辑。
把绝望的结论，稍稍

迟缓；拖延时间，——
拖延理智的判断，——
会再给纯情感一种希望！

初刊于1947年5月4日《大公报·星期文艺副刊》第30期时为《诗（三首）》之三，署名林徽因。

昆明即景

茶铺

这是立体的构画，
　描在这里许多样脸
在顺城脚的茶铺里
　隐隐起喧腾声一片。

各种的姿势，生活
　刻划着不同方面：
茶座上全坐满了，笑的，
　皱眉的，有的抽着旱烟。

老的，慈祥的面纹，
　年轻的，灵活的眼睛，
都暂要时间茶杯上
　停住，不再去扰乱心情！

一天一整串辛苦，
　此刻才赚回小把安静，

夜晚回家，还有远路，
　白天，谁有工夫闲看云影？

不都为着真的口渴，
　四面窗开着，喝茶，
跷起膝盖的是疲乏，
　赤着臂膀好同乡邻闲话。

也为了放下扁担同肩背
　向运命喘息，倚着墙，
每晚靠这一碗茶的生趣
　幽默估量生的短长……

这是立体的构画，
　设色在小生活旁边，
荫凉南瓜棚下茶铺，
　热闹照样的又过了一天！

小楼

张大爹临街的矮楼 *
半藏着，半挺着，立在街头，
瓦覆着它，窗开一条缝，
夕阳染红它，如写下古远的梦。

矮檐上长点草，也结过小瓜，
破石子路在楼前，无人种花，
是老坛子，瓦罐，大小的相伴；
尘垢列出许多风趣的零乱。

但张大爹走过，不吟咏它好；
大爹自己（上年纪了）不相信古老。
他拐着杖常到隔壁沽酒，
宁愿过桥，土堤去看新柳！

* 初稿中“张大爹临街的矮楼”为“那上七下八临街的矮楼”。昆明旧式民居典型制式为底楼高八尺，二层高七尺。

初刊于 1948 年 2 月 22 日《经世日报·文艺周刊》第 58 期时为《林徽因诗》中的一首。

桥

他的使命：

　　南北两岸莽莽两条路的携手；

他的完成

　　不挡江月东西，船只上下的交流；

他的肩背

　　坚定的让脚步上面经过，找各人的路去；

他的胸怀，

　　虚空的环洞，不把江心洪流堵住。

他是座桥：

　　一条大胆的横梁，立脚于茫茫水面；

一堆泥石，

　　辛苦堆积或造形的完美，在自然上边；

一掬理智，

　　适应无数的神奇，支持立体的纪念；

一次人工，

　　矫正了造化的疏忽，将隔绝的重新牵连！

他是座桥，
　　看那平衡两排如同静思的栏杆；
他的力量，
　　两座桥墩下，多粗壮的石头镶嵌；
他的忍耐，
　　容每道车辙刻入脚印已磨光的石板，
他的安闲，
　　岁月增进，让钓翁野草随在身旁。

他的美丽，
　　如同山月的锁钥，正见出人类匠心；
他的心灵，
　　浸入寒波，在一钩倒影里续成圆形；
他的存在，
　　却不为嬉戏的闲情——而为责任；
他的理想，
　　该寄给人生的行旅者一种虔诚。

三十六年六月

初刊于1948年8月2日天津《益世报》文学周刊第103期，署名林徽音。

病中杂诗九首

小诗（一）

感谢生命的讽刺嘲弄着我，
会唱的喉咙哑成了无言的歌。
一片轻纱似的情绪，本是空灵，
现时上面全打着拙笨补钉。

肩头上先是挑起两担云彩，
带着光辉要在从容天空里安排；
如今黑压压沉下现实的真相，
灵魂同饥饿的脊梁将一起压断！

我不敢问生命现在人该当如何
喘气！经验已如旧鞋底的穿破，
这纷歧道路上，石子和泥土模糊，
还是赤脚方便，去认取新的辛苦。

小诗（二）

小蚌壳里有所有的颜色；
整一条虹藏在里面。
绚彩的存在是他的秘密，
外面没有夕阳，也不见雨点。

黑夜天空上只一片渺茫；
整宇宙星斗那里闪亮，
远距离光明如无边海面，
是每小粒晶莹，给了你方向。

以《病中杂诗九首》为总题的“九首”之一，初刊于1948年5月《文学杂志》第2卷第12期，此期为“诗歌专号”《小诗（一）》和《小诗（二）》初刊时为《小诗》一首中的（一）和（二），署名林徽因。

恶劣的心绪

我病中，这样缠住忧虑和烦扰，
好像西北冷风，从沙漠荒原吹起，
逐步吹入黄昏街头巷尾的垃圾堆；
在霉腐的琐屑里寻讨安慰，
自己在万物消耗以后的残骸中惊骇，
又一点一点给别人扬起可怕的尘埃！

吹散记忆正如陈旧的报纸飘在各处彷徨，
破碎支离的记录只颠倒提示过去的骚乱。
多余的理性还像一只饥饿的野狗
那样追着空罐同肉骨，自己寂寞的追着
咬嚼人类的感伤；生活是什么都还说不上来，
摆在眼前的已是这许多渣滓！

我希望：风停了；今晚情绪能像一场小雪，
沉默的白色轻轻降落地上；
雪花每片对自己和他人都带一星耐性的仁慈，
一层一层把恶劣残破和痛苦的一起掩藏；

在美丽明早的晨光下，焦心暂不必再有，——

绝望要来时，索性是雪后残酷的寒流！

三十六年十二月 病中动手术前

以《病中杂诗九首》为总题的“九首”之二，初刊于1948年5月《文学杂志》第2卷第12期，此期为“诗歌专号”，署名林徽因。

写给我的大姊

当我去了，还有没说完的话，
好像客人去后杯里留下的茶；
说的时候，同喝的机会，都已错过，
主客黯然，可不必再去惋惜它。
如果有点感伤，你把脸掉向窗外，
落日将尽时，西天上，总还留有晚霞。

一切小小的留恋算不得罪过，
将尽未尽的衷曲也是常情。
你原谅我有一堆心绪上的闪躲，
黄昏时承认的，否认等不到天明；
有些话白己也还不曾说透，
他人的了解是来自直觉的会心。

当我去了，还有没说完的话，
像钟敲过后，时间在悬空里暂挂，
你有理由等待更美好的继续；
对忽然的终止，你有理由惧怕。

但原谅吧，我的话语永远不能完全，
亘古到今情感的矛盾做成了嘶哑。

一九四六年写于昆明

以《病中杂诗九首》为总题的“九首”之三，初刊于1948年5月《文学杂志》第2卷第12期，此期为“诗歌专号”，署名林徽因。

一 天

今天十二个钟头，
是我十二个客人，
每一个来了，又走了，
最后夕阳拖着影子也走了！
我没有时间盘问我自己胸怀，
黄昏却蹑着脚，好奇的偷着进来！
我说：朋友，这次我可不对你诉说啊，
每次说了，伤我一点骄傲。
黄昏黯然，无言地走开，
孤单的，沉默的，我投入夜的怀抱！

三十一年春　李庄

以《病中杂诗九首》为总题的“九首”之四，初刊于1948年5月《文学杂志》第2卷第12期，此期为“诗歌专号”，署名林徽因。

对残枝

梅花你这些残了后的枝条，
是你无法诉说的哀愁！
今晚这一阵雨点落过以后，
我关上窗子又要同你分手。

但我幻想夜色安慰你伤心，
下弦月照白了你，最是同情，
我睡了，我的诗记下你的温柔，
你不妨安心放芽去做成绿荫。

以《病中杂诗九首》为总题的“九首”之五，初刊于1948年5月《文学杂志》第2卷第12期，此期为“诗歌专号”，署名林徽因。

对北门街园子

别说你寂寞；大树拱立，
草花烂漫，一个园子永远
睡着；没有脚步的走响。

你树梢盘着飞鸟，每早云天
吻你额前，每晚你留下对话
正是西山最好的夕阳。

一九四六年写于昆明

以《病中杂诗九首》为总题的“九首”之六，初刊于1948年5月《文学杂志》第2卷第12期，此期为“诗歌专号”，署名林徽因。

十一月的小村

我想象我在轻轻的独语：
十一月的小村外是怎样个去处？
是这渺茫江边淡泊的天，
是这映红了的叶子疏疏隔着雾；
是乡愁，是这许多说不出的寂寞；
还是这条独自转折来去的山路？
是村子迷惘了，绕出一丝丝青烟；
是那白沙一片篁竹围着的茅屋？
是枯柴爆裂着灶火的声响，
是童子缩颈落叶林中的歌唱？
是老农随着耕牛，远远过去，
还是那坡边零落在吃草的牛羊？
是什么做成这十一月的心，
十一月的灵魂又是谁的病？
山坳子叫我立住的仅是一面黄土墙；
下午透过云霾那点子太阳！
一棵野藤绊住一角老墙头，斜睨
两根青石架起的大门，倒在路旁
无论我坐着，我又走开，

我都一样心跳；我的心前
虽然烦乱，总像绕着许多云彩，
但寂寂一湾水田，这几处荒坟，
它们永说不清谁是这一切主宰
我折一根柱枝，看下午最长的日影
要等待十一月的回答微风中吹来。

三十三年初冬　李庄

以《病中杂诗九首》为总题的“九首”之七，初刊于1948年5月《文学杂志》第2卷第12期，此期为“诗歌专号”，署名林徽因。

忧郁

忧郁自然不是你的朋友；
但也不是你的敌人，你对他不能冤屈！
他是你强硬的债主，你呢？是
把自己灵魂压给他的赌徒。

你曾那样拿理想赌博，不幸
你输了；放下精神最后保留的田产，
最有价值的衣裳，然后一切你都
赔上，连自己的情绪和信仰，那不是自然？

你的债权人他是，那么，别尽问他脸貌
到底怎样！呀天，你如果一定要看清
今晚这里有盏小灯，灯下你无妨同他
面对面，你是这样的绝望，他是这样无情！

一九四四年写于李庄

以《病中杂诗九首》为总题的“九首”之八，初刊于1948年5月《文学杂志》第2卷第12期，此期为“诗歌专号”，署名林徽因。

哭三弟恒

——三十年空战阵亡*

弟弟，我没有适合时代的语言
来哀悼你的死；
它是时代向你的要求，
简单的，你给了。
这冷酷简单的壮烈是时代的诗
这沉默的光荣是你。

假使在这不可免的真实上
多给了悲哀，我想呼喊，
那是——你自己也明了——
因为你走得太早，
太早了，弟弟，难为你的勇敢，
机械的落伍，你的机会太惨！

三年了，你阵亡在成都上空，
这三年的时间所做成的不同，
如果我向你说来，你别悲伤，
因为多半不是我们老国，

而是他人在时代中碾动，
我们灵魂流血，炸成了窟窿。

我们已有了盟友、物资同军火，
正是你所曾经希望过。
我记得，记得当时我怎样同你
讨论又讨论，点算又点算，
每一天你是那样耐性的等着，
每天却空的过去，慢得像骆驼！

现在驱逐机已非当日你最想望
驾驶的“老鹰式七五”那样——
那样笨，那样慢，啊，弟弟不要伤心，
你已做到你们所能做的，
别说是谁误了你，是时代无法衡量，
中国还要上前，黑夜在等天亮。

弟弟，我已用这许多不美丽言语
算是诗来追悼你，
要相信我的心多苦，喉咙多哑，
你永不会回来了，我知道，

青年的热血做了科学的代替；
中国的悲怆永沉在我的心底。

啊，你别难过，难过了我给不出安慰。
我曾每日那样想过了几回：
你已给了你所有的，同你去的弟兄
也是一样，献出你们的生命；
已有的年轻一切；将来还有的机会，
可能的壮年工作，老年的智慧；

可能的情爱，家庭，儿女，及那所有
生的权利，喜悦；及生的纠纷！
你们给的真多，都为了谁？你相信
今后中国多少人的幸福要在
你的前头，比自己要紧；那不朽
中国的历史，还需要在世上永久。

你相信，你也做了，最后一切你交出。
我既完全明白了，为何我还为着你哭？
只因你是个孩子却没有留什么给自己，
小时我盼着你的幸福，战时你的安全，

今天你没有儿女牵挂需要抚恤同安慰，
而万千国人像已忘掉，你死是为了谁！

三十三年　李庄

*“三十年”即“中华民国三十年”，为1941年。

以《病中杂诗九首》为总题的“九首”之九，初刊于1948年5月《文学杂志》第2卷第12期，此期为“诗歌专号”，署名林徽因。此诗哀悼在1941年空战中阵亡的其弟弟林恒。

诗

——自然的赠与

花刺是花的幽默，

颜色，她的不谨慎。
她残了，委屈里没有恨。

星光赠你的是冷；
夜深时你会暖□，
满天闪烁整宇宙智慧，
她们愿意照入你的心灵。

湖上微风是同你微笑；
她爱湖水情绪的激动。
□□，水藻，蜻蜓，和一切闲情，
你爱水底倒映认真的晴空。

红叶秋林是秋天的火焰，
终烧成焦躁同凋零，

让她铺着山径为你的散步，

盼你踏着忧愁给草木同情。

初刊于1948年9月5日《平明日报·星期文艺》，署名林徽因。

辑二 散文

1920年，林徽因在伦敦

悼志摩

十一月十九日我们的好朋友，许多人都爱戴的新诗人，徐志摩突兀的，不可信的，惨酷的，在飞机上遇险而死去。这消息在二十日的早上像一根针刺猛触到许多朋友的心上，顿使那一早的天墨一般地昏黑，哀恸的咽哽锁住每一个人的嗓子。

志摩……死……谁曾将这两个句子联在一处想过！他是那样活泼的一个人，那样刚刚站在壮年的顶峰上的一个人。朋友们常常惊讶他的活动，他那像小孩般的精神和认真，谁又会想到他死？

突然的，他闯出我们这共同的世界，沉入永远的静寂，不给我们一点预告，一点准备，或是一个最后希望的余地。这种几乎近于忍心的决绝，那一天不知震麻了多少朋友的心？现在那不能否认的事实，仍然无情地挡住我们前面。任凭我们多苦楚的哀悼他的惨死，多迫切的希冀能够仍然接触到他原来的音容，事实是不会为体贴我们这悲念而有些须更改；而他也再不会为不忍我们这伤悼而有些须活动的可能！这难堪的永远静寂和消沉便是死的最残酷处。

我们不迷信的，没有宗教的望着这死的帏幕，更是丝毫没有把握。张开口我们不会呼吁，闭上眼不会入梦，徘徊在理智和情感的边沿，我们不能预期后会，对这死，我们只是永远发怔，吞咽枯涩的泪，待时间来剥削这哀恸的尖锐，痂结我们每次悲悼的创伤。那一天下午初得到消息的许多朋友不是全跑到胡适之先生家里么？但是除却拭泪相对，默然围坐外，谁也没有主意，谁也不知有什么话说，对这死！

谁也没有主意，谁也没有话说！事实不容我们安插任何的希望，情感不容我们不伤悼这突兀的不幸，理智又不容我们有超自然的幻想！默然相对，默然围坐……而志摩则仍是死去没有回头，没有音讯，永远地不会回头，永远地不会再有音讯。

我们中间没有绝对信命运之说的，但是对着这不测的人生，谁不感到惊异，对着那许多事实的痕迹又如何不感到人力的脆弱，智慧的有限。世事尽有定数？世事尽是偶然？对这永远的疑问我们什么时候能有完全的把握？

在我们前边展开的只是一堆坚质的事实：

“是的，他十九晨有电报来给我……

“十九早晨，是的！说下午三点准到南苑，派车接……

“电报是九时从南京飞机场发出的……

“刚是他开始飞行以后所发……

“派车接去了，等到四点半……说飞机没有到……

“没有到……航空公司说济南有雾……很大……”只是一个钟头的差别；下午三时到南苑，济南有雾！谁相信就是这一个钟头中便可以有这么不同事实的发生，志摩，我的朋友！

他离平的前一晚我仍见到，那时候他还不知道他次晨南旅的，飞机改期过三次，他曾说如果再改下去，他便不走了的。我和他同由一个茶会出来，在总布胡同口分手。在这茶会里我们请的是为太平洋会议来的一个柏雷博士，因为他是志摩生平最爱慕的女作家曼殊斐儿的姊丈，志摩十分的殷勤；希望可以再从柏雷口中得些关于曼殊斐儿早年的影子，只因限于时间，我们茶后匆匆地便散了。晚上我有约会出去了，回来时很晚，听差说他又来过，适遇我们夫妇刚走，他自己坐了一会儿，喝了一壶茶，在桌上写了些字便走了。我到桌上一看：——

“定明早六时飞行，此去存亡不卜……”我怔住了，心中一阵不痛快，却忙给他一个电话。

“你放心，”他说，“很稳当的，我还要留着生命看更伟大的事迹呢，哪能便死？”

话虽是这样说，他却是已经死了整两周了！

凡是志摩的朋友，我相信全懂得，死去他这样一个朋友是怎么一回事!

现在这事实一天比一天更结实，更固定，更不容否认。志摩是死了，这个简单惨酷的实际早又添上时间的色彩，一周，两周，一直的增长下去……

我不该在这里语无伦次的尽管呻吟我们做朋友的悲哀情绪。归根说，读者抱着我们文字看，也就是像志摩的请柏雷一样，要从我们口里再听到关于志摩的一些事。这个我明白，只怕我不能使你们满意，因为关于他的事，动听的，使青年人知道这里有个不可多得的人格存在的，实在太多，决不是几千字可以表达得完。谁也得承认像他这样的一个人世间便不轻易有几个的，无论在中国或是外国。

我认得他，今年整十年，那时候他在伦敦经济学院，尚未去康桥。我初次遇到他，也就是他初次认识到影响他迁学的狄更生先生。不用说他和我父亲最谈得来。虽然他们年岁上差别不算少，一见面之后便互相引为知己。他到康桥之后由狄更生介绍进了皇家学院，当时和他同学的有我姊丈温君源宁。一直到最近两月中源宁还常在说他当时的许多笑话，虽然说是笑话，那也是他对志摩最早的一个惊异的印象。志摩认真的诗情，绝不含有丝毫矫伪，他那种痴，那种孩子似的天真实能令人惊讶。源宁说，有一天他在校舍里读书，外边下了倾盆大雨——惟是英伦那样的岛国才有的狂雨——忽然他听到有人猛敲他的房门，外边跳进一个被雨水淋得全湿的客人。不用说他便是志摩，一进门一把扯着源宁向外跑，说快来我们到桥上去等着。这一来把源宁怔住了，他问志摩等什么在这大雨里。志摩睁大了眼睛，孩子似的高兴地说“看雨后的虹去”。源宁不止说他不去，并且劝志摩趁早将湿透的衣服换下，再穿上雨衣出去，英国的湿气岂是儿戏。志摩不等他说完，一溜烟地自己跑了！

以后我好奇地曾问过志摩这故事的真确，他笑着点头承认这全段故事的真实。我问：那么下文呢，你立在桥上等了多久，并且看到虹了没有？他说记不清，但是他居然看到了虹。我诧异地打断他对那虹的描写，问他：怎么他便知道，准会有虹的。他得意地笑答我说：“完全诗意的信仰！”

“完全诗意的信仰”，我可要在这里哭了！也就是为这“诗意的信仰”他硬要借航空的方便达到他“想飞”的宿愿！“飞机是很稳当的，”他说，“如果要出事那是我的运命！”他真对运命这样完全诗意的信仰！

志摩我的朋友，死本来也不过是一个新的旅程，我们没有到过的，不免过分地怀疑，死不定就比这生苦。“我们不能轻易断定那一边没有阳光与人情的温慰”，但是我前边说过最难堪的是这永远的静寂。我们生在这没有宗教的时代，对这死实在太没有把握了。这以后许多思念你的日子，怕要全是昏暗的苦楚，不会有一点点光明，除非我也有你那美丽的诗意的信仰！

我个人的悲绪不竟又来扰乱我对他生前许多清晰的回忆，朋友们原谅。

诗人的志摩用不着我来多说，他那许多诗文便是估价他的天平。我们新诗的历史才是这样的短，恐怕他的判断人尚在我们儿孙辈的中间。我要谈的是诗人之外的志摩。人家说志摩的为人只是不经意的浪漫，志摩的诗全是抒情诗，这断语从不认识他的人听来可以说很公平，从他朋友们看来实在是对不起他。志摩是个很古怪的人，浪漫固然，但他人格里最精华的却是他对人的同情，和蔼，和优容；没有一个人他对他不和蔼，没有一种人，他不能优容，没有一种的情感，他绝对地不能表同情。我不说了解，因为不是许多人爱说志摩最不解人情么？我说他的特点也就在这上头。

我们寻常人就爱说了解；能了解的我们便同情，不了解的我们便很落漠乃至于酷刻。表同情于我们能了解的，我们以为很适当；不表同情于我们不能了解的，我们也认为很公平。志摩则不然，了解与不了解，他并没有过分地夸张，他只知道温存，和平，体贴，只要他知道有情感的存在，无论出自何人，在何等情况之下，他理智上认为适当与否，他全能表几分同情，他真能体会原谅他人与他自己不相同处。从不会刻薄地单支出严格的迫仄的道德的天平指摘凡是与他不同的人。他这样的温和，这样的优容，真能使许多人惭愧，我可以忠实地说，至少他要比我们多数的人伟大许多；他觉得人类各种的情感动作全有它不同的，价值放大了的人类的眼光，同情是不该只限于我们划定的范围内。他是对的，朋友们，归根说，我们能够懂得几个人，了解几桩事，几种情感？哪一桩事，哪一个人没有多面的看法！为此说来志摩朋友之多，不是个可怪的事；凡是认得他的人不论深浅对他全有特殊的感情，也是极自然的结果。而反过来看他自己在他一生的过程中却是很少得着同情的。不止如是，他还曾为他的一点理想的愚诚几次几乎不见容于社会。但是他却未曾为这个而鄙吝他给他人的同情心，他的性情，不曾为受了刺激而转变刻薄暴戾过，谁能不承认他几有超人的宽量。

志摩的最动人的特点，是他那不可信的纯净的天真，对他的理想的愚诚，对艺术欣赏的认真，体会情感的切实，全是难能可贵到极点。他站在雨中等虹，他甘冒社会的大不韪争他的恋爱自由；他坐曲折的火车到乡间去拜哈代，他抛弃博士一类的引诱卷了书包到英国，只为要拜罗素做老师，他为了一种特异的境遇，一时特异的感动，从此在生命途中冒险，从此抛弃所有的旧业，只是尝试写几行新诗——这几年新诗尝试的运命并不太令人踊跃，冷嘲热骂只是家常便饭——他常能走几里路去采几茎花，费许多周折去看一个朋友说两句话；这些，还有许多，都不是我们寻常能够轻易了解的神秘。我说神秘，其实竟许是傻，是痴！事实上他只是比我们认真，虔诚到傻气，到痴！他愉快起来他的快乐的翅膀可以碰得到天，他忧伤起来，他的悲戚是深得没有底。寻常评价的衡量在他手里失了效用，利害轻重他自有他的看法，纯是艺术的情感的脱离寻常的原则，所以往常人常听到朋友们说到他总爱带着嗟叹的口吻说："那是志摩，你又有什么法子！"他真的是个怪人么？朋友们，不，一点都不是，他只是比我们近情，近理，比我们热诚，比我们天真，比我们对万物都更有信仰，对神，对人，对灵，对自然，对艺术！

朋友们，我们失掉的不止是一个朋友，一个诗人，我们丢掉的是个极难得可爱的人格。

至于他的作品全是抒情的么？他的兴趣只限于情感么？更是不对。志摩的兴趣是极广泛的。就有几件，说起来，不认得他的人便要奇怪。他早年很爱数学，他始终极喜欢天文，他对天上星宿的名字和部位就认得很多，最喜暑夜观星，好几次他坐火车都是带着关于宇宙的科学的书。他曾经译过爱因斯坦的相对论，并且在一九二二年便写过一篇关于相对论的东西登在《民铎》杂志上。他常向思成说笑："任公先生的相对论的知识还是从我徐君志摩大作上得来的呢，因为他说他看过许多关于爱因斯坦的哲学都未曾看懂，看到志摩的那篇才懂了。"今夏我在香山养病，他常来闲谈，有一天谈到他幼年上学的经过和美国克莱克大学两年学经济学的景况，我们不禁对笑了半天，后来他在他的《猛虎集》的"序"里也说了那么一段。可是奇怪的！他不像许多天才，幼年里上学，不是不及格，便是被斥退，他是常得优等的，听说有一次康乃尔暑校里一个极严的经济教授还写了信去克莱克大学教授那里恭维他的学生，关于一门很难的功课。我不是为志摩在这里夸张，因为事实上只有为了这桩事，今夏志摩自己便笑得不亦乐乎！

此外他的兴趣对于戏剧绘画都极深浓，戏剧不用说，与诗文是那么接近，他领略绘画的天才也颇可观，后期印象派的几个画家，他都有极精密的爱恶，对于文艺复兴时代那几位，他也很熟悉，他最爱鲍提且利和达文骞。自然他也常承认文人喜画常是间接地受了别人论文的影响，他的，就受了法兰（Roger Fry）和斐德（Walter Pater）的不少。对于建筑审美他常常对思成和我道歉说:“太对不起，我的建筑常识全是 Ruskins 那一套。”他知道我们是最讨厌 Ruskins 的。但是为看一个古建的残址，一块石刻，他比任何人都热心，都更能静心领略。

他喜欢色彩，虽然他自己不会作画，暑假里他曾从杭州给我几封信，他自己叫它们做“描写的水彩画”，他用英文极细致地写出西（边？）桑田的颜色，每一分嫩绿，每一色鹅黄，他都仔细地观察到。又有一次他望着我园里一带断墙半晌不语，过后他告诉我说，他正在默默体会，想要描写那墙上向晚的艳阳和刚刚入秋的藤萝。

对于音乐，中西的他都爱好，不止爱好，他那种热心便唤醒过北平一次——也许唯一的一次——对音乐的注意。谁也忘不了那一年，客拉司拉到北平在“真光”拉一个多钟头的提琴。[①] 对旧剧他也得算“在行”，他最后在北平那几天我们曾接连地同去听好几出戏，回家时我们讨论的热闹，比任何剧评都诚恳都起劲。

谁相信这样的一个人，这样忠实于“生”的一个人，会这样早地永远地离开我们另投一个世界，永远地静寂下去，不再透些须声息！

我不敢再往下写，志摩若是有灵听到比他年轻许多的一个小朋友拿着老声老气的语调谈到他的为人不觉得不快么？这里我又来个极难堪的回忆，那一年他在这同一个的报纸上写了那篇伤我父亲惨故的文章[②]，这梦幻似的人生转了几个弯，曾几何时，却轮到我在这风紧夜深里握笔吊他的惨变。这是什么人生？什么风涛？什么道路？志摩，你这最后的解脱未始不是幸福，不是聪明，我该当羡慕你才是。

原刊《北平晨报》1931年12月7日。

①客拉司拉到北平在“真光”拉一个多钟头的提琴：指美籍小提琴家Fritz Kreisler，“真光”指真光电影院，即今儿童剧院。——梁从诫注

②那一年他在这同一个的报纸上写了那篇伤我父亲惨故的文章：指徐志摩1926年2月所作《伤双栝老人》一文。——梁从诫注

惟其是脆嫩

活在这非常富于刺激性的年头里，我敢喘一口气说，我相信一定有多数人成天里为观察听闻到的，牵动了神经，从跳动而有血裹着的心底下累积起各种的情感，直冲出嗓子，逼成了语言到舌头上来。这自然丰富的累积，有时更会倾溢出少数人的唇舌，再奔进到笔尖上，另具形式变成在白纸上驰骋的文字。这种文字便全是我们这个时代的出产，大家该千万珍视它！

现在，无论在哪里，假如有一个或多种的机会，我们能把许多这种自然触发出来的文字，交出给同时代的大众见面，因而或能激动起更多方面，更复杂的情感，和由这情感而形成更多方式的文字；一直造成了一大片丰富而且有力的创作的田壤，森林，江山……产生结结实实的我们这个时代特有的表情和文章；我们该不该诚恳的注意到这机会或能造出的事业，各人将各人的一点点心血献出来尝试？

假使，这里又有了机会联聚起许多人，为要介绍许多方面的文字，更连而研讨文章的质的方面；或指出已往文章的历程，或讲究到各种文章上比较的问题，进而无形的讲究到程度和标准等问题，我又敢相信，在这种景况下定会发生更严重鼓励写作的主动力。使创作界增加问题，或许。惟其是增加了问题，才助益到创造界的活泼和健康。文艺绝不是蓬勃丛生的野草。

我们可否直爽的承认一桩事？创作的鼓动时常要靠着刊物把它的成绩布散出去吹风，晒太阳，和时代的读者把晤的。被风吹冷了，太阳晒萎了，固常有的事。被读者所欢迎，所冷淡，或误会，或同情，归根应该都是激动创造力的药剂！至于，一来就高举趾，二来就气馁的作者，每个时代都免不了有他们起落踪迹。这个与创作界主体的展动只成枝节问题。哪一个创作兴旺的时代缺得了介绍散布作品的刊物，同那或能同情，或不了解的读众？

创作品是不能不与时代见面的，虽然作者的名姓，则并不一定。伟大作品没有和本时代见面，而被他时代发现珍视的固然有，但也只是偶然例外的事。希腊悲剧是在几万人前面唱演的，莎士比亚的戏更是街头巷尾的粗人都看得到的。到有刊物时代的欧洲，更不用说，一首诗文出来人人争买着看，就是中国在印刷艰难的时候，也是什么“传诵一时”；什么“人手一抄”等……

创作的主力固在心底，但逼迫着这只有时间性的情绪语言而留它在空间里的，却常是刊物这一类的鼓励和努力所促成。

现走遍人间是能刺激起创作的主力。尤其在中国，这种日子，那一副眼睛看到了些什么，舌头底下不立刻紧急的想说话，乃至于歌泣！如果创作界仍然有点消沉寂寞的话——努力的少，尝试的稀罕——那或是有别的缘故而使然。我们问：能鼓励创作界的活跃性的是些什么？刊物是否可以救济这消沉的？努力过刊物的诞生的人们，一定知道刊物又时常会因为别的复杂原因而夭折的。它常是极脆嫩的孩儿……那么有创作冲动的笔锋，努力于刊物的手臂，此刻何不联在一起，再来一次合作，逼着创造界又挺出一个新鲜的萌芽！管它将来能不能成田壤，成森林，成江山，一个萌芽是一个萌芽。脆嫩？惟其是脆嫩，我们大家才更要来爱护它。

这时代是我们特有的，结果我们单有情感而没有表现这情绪的艺术，眼看着后代人笑我们是黑暗时代的哑子，没有艺术，没有文章，乃至于怀疑到我们有不有情感！

回头再看到祖宗传流下那神气的衣钵，怎不觉得惭愧！说世乱，杜老头子过的是什么日子！辛稼轩当日的愤慨当使我们同情！……何必诉，诉不完。难道现在我们这时代没有形形色色的人物，喜剧悲剧般的人生作题？难道我们现时没有美丽，没有风雅，没有丑陋，恐慌，没有感慨，没有希望？！难道连经这些天灾战祸，我们都不会描述，身受这许多刺骨的辱痛，我们都不会愤慨高歌迸出一缕滚沸的血流？！

难道我们真麻木了不成？难道我们这时代的语辞真贫穷得不能达意？难道我们这时代真没有学问真没有文章？！朋友们努力挺出一根活的萌芽来，记着这个时代是我们的。

初刊于1933年9月23日《大公报·文艺副刊》第1期。

窗子以外

话从哪里说起？等到你要说话，什么话都是那样渺茫的找不到个源头。

此刻，就在我眼帘底下坐着是四个乡下人的背影；一个头上包着黯黑的白布，两个褪色的蓝布，又一个光头。他们支起膝盖，半蹲半坐的，在溪沿的短墙上休息。每人手里一件简单的东西；一个是白木棒，一个篮子，那两个在树荫底下我看不清楚。无疑的他们已经走了许多路，再过一刻，抽完一筒旱烟以后，是还要走许多路的。兰花烟的香味频频随着微风，袭到我官觉上来，模糊中还有几段山西梆子的声调，虽然他们坐的地方是在我廊子的铁纱窗以外。

铁纱窗以外，话可不就在这里了。永远是窗子以外，不是铁纱窗就是玻璃窗，总而言之，窗子以外！

所有的活动的颜色、声音，生的滋味，全在那里的，你并不是不能看到，只不过是永远的在你窗子以外罢了。多少百里的平原土地，多少区域的起伏的山峦，昨天由窗子外映进你的眼帘，那是多少生命日夜在活动着的所在；每一根青的什么麦黍，都有人流过汗；每一粒黄的什么米粟，都有人吃去；其间还有的是周折，是热闹，是紧张！可是你则并不一定能看见，因为那所有的周折，热闹，紧张，全都在你窗子以外展演着。

在家里罢，你坐在书房里，窗子以外的景物本就有限。那里两树马缨，几棵丁香；榆叶梅横出风雅的一大枝；海棠因为缺乏阳光，每年只开个两三朵——叶子上满是虫蚁吃的创痕，还卷着一点焦黄的边；廊子幽秀的开着扇子式，六边形的格子窗，透过外院的日光，外院的杂音。什么送煤的来了，偶然你看到一个两个被煤炭染成黔黑的脸；什么米送到了，一个人掮着一大口袋在背上，慢慢踱过屏门；还有自来水，电灯，电话公司来收账的，胸口斜挂着皮口袋，手里推着一辆自行车；更有时厨子来个朋友了，满脸的笑容，“好呀，好呀！”的走进门房；什么赵妈的丈夫来拿钱了，那是每月一号一点都不差的，早来了你就听到两个人唧唧哝哝争吵的声浪。那里不是没有颜色，声音，生的一切活动，只是他们和你总隔个窗子——扇子式的，六边形的，纱的，玻璃的！

你气闷了把笔一搁说，这叫做甚么生活！你站起来，穿上不能算太贵的鞋袜，但这双鞋和袜的价钱也就比——想它做什么，反正有人每月的工资，一定只有这价钱的一半乃至于更少。你出去雇洋车了，拉车的嘴里所讨的价钱当然是要比例价高得多，难道你就傻子似的答应下来？不，不，三十二子，拉就拉，不拉，拉倒！心里也明白，如果真要充内行，你就该说，二十六子，拉就拉——但是你好意思争！

车开始辗动了，世界仍然在你窗子以外。长长的一条胡同，一个个大门紧紧的关着。就是有开的，那也只是露出一角，隐约可以看到里面有南瓜棚子，底下一个女的，坐在小凳上缝缝做做的；另一个，抓住还不能走路的小孩子，伸出头来喊那过路卖白菜的。至于白菜是多少钱一斤，那你是听不见了，车子早已拉得老远，并且你也无需乎知道的。在你每月费用之中，伙食是一定占去若干的。在那一笔伙食费里，白菜又是多么小的一个数。难道你知道了门口卖的白菜多少钱一斤，你真把你哭丧着脸的厨子叫来申斥一顿，告诉他每一斤白菜他多开了你一个“大子儿”？

车越走越远了，前面正碰着粪车，立刻你拿出手绢来，皱着眉，把鼻子蒙得紧紧的，心里不知怨谁好。怨天做的事太古怪；好好的美丽的稻麦却需要粪来浇！怨乡下人太不怕臭，不怕脏，发明那么两个篮子，放在鼻前手车上，推着慢慢走！你怨市里行政人员不认真办事，如此脏臭不卫生的旧习不能改良，十余年来对这粪车难道真无办法？为着强烈的臭气隔着你窗子还不够远，因此你想到社会卫生事业如何还办不好。

路渐渐好起来，前面墙高高的是个大衙门。这里你简直不止隔个窗子，这一带高高的墙是不通风的。你不懂里面有多少办事员，办的都是什么事；多少浓眉大眼的，对着乡下人做买卖的吆喝诈取；多少个又是脸黄黄的可怜虫，混半碗饭分给一家子吃。自欺欺人，里面天天演的到底是甚么把戏？但是如果里面真有两三个人拼了命在那里奋斗，为许多人争一点便利和公道，你也无从知道！

到了热闹的大街了，你仍然像在特别包厢里看戏一样，本身不会，也不必参加那出戏；倚在栏杆上，你在审美的领略，你有的是一片闲暇。但是如果这里洋车夫问你在那里下来，你会吃一惊，仓卒不知所答，生活所最必需的你并不缺乏什么，你这出来就也是不必需的活动。

偶一抬头，看到街心和对街铺子前面那些人，他们都是急急忙忙的，在时间金钱的限制下采办他们生活所必需的。两个女人手忙脚乱的在监督着店里的伙计称秤。二斤四两，二斤四两的什么东西，且不必去管，反正由那两个女人的认真的神气上面看去，必是非同小可，性命交关的货物。并且如果称得少一点时，那两个女人为那点吃亏的分量必定感到重大的痛苦；如果称得多时，那伙计又知道这年头那损失在东家方面真不能算小。于是那两边的争持是热烈的，必需的，大家声音都高一点；女人脸上呈块红色，头发披下了一缕，又用手抓上去；伙计则维持着客气，口里嚷着：错不了，错不了！

热烈的，必需的，在车马纷纭的街心里，忽然由你车边冲出来两个人；男的，女的，各各提起两脚快跑。这又是干什么的，你心想，电车正在拐大弯。那两个原就追着电车，由轨道旁边擦过去，一边追着，一边向电车上卖票的说话。电车是不容易赶的，你在洋车上真不禁替那街心里奔走赶车的担心。但是你也知道如果这趟没赶上，他们就可以在街旁站个半点来钟，那些宁可盼穿秋水不雇洋车的人，也就是因为他们的生活而必需计较和节省到洋车同电车价钱上那相差的数目。

此刻洋车跑得很快，你心里继续着疑问你出来的目的，到底采办一些甚么必需的货物。眼看着男男女女挤在市场里面，门首出来一个，进去一个，手里都是持着包包裹裹，里边虽然不会全是他们当日所必需的，但是如果当中夹着一盒稍微奢侈的物品，则亦必是他们生活中间闪着亮光的一个愉快！你不是听见那人说么？里面草帽，一块八毛五，贵倒贵点，可是“真不赖！”他提一提帽盒向着打招呼的朋友，他摸一摸他那剃得光整的脑袋，微笑充满了他全个脸。那时那一点迸射着光闪的愉快，当然的归属于他享受，没有一点疑问，因为天知道，这一年中他多少次的克己省俭，使他赚来这一次美满的，大胆的奢侈！

那点子奢侈在那人身上所发生的喜悦，在你身上却完全失掉作用，没有闪一星星亮光的希望！你想，整年整月你所花费的，和你那窗子以外的周围生活程度一比较，严格算来，可不都是非常靡费的用途？每奢侈一次，你心上只有多难过一次，所以车子经过的那些玻璃窗口，只有使你更惶恐，更空洞，更怀疑，前后彷徨不着边际。并且看了店里那些形形色色的货物，除非你真是傻子，难道不晓得它们多半是由那一国工厂里制造出来的！奢侈是不能给你愉快的，它只有要加增你的戒惧烦恼。每一尺好看点的纱料，每一件新鲜点的工艺品！

你诅咒着城市生活，不自然的城市生活！检点行装说，走了，走了；这沉闷没有生气的生活，实在受不了，我要换个样子过活去。健康的旅行既可以看看山水古刹的名胜，又可以知道点内地纯朴的人情风俗。走了，走了，天气还不算太坏，就是走他一个月六礼拜也是值得的。

没想到不管你走到哪里，你永远免不了坐在窗子以内的。不错，许多时髦的学者常常骄傲地带上“考察”的神气，架上科学的眼镜，偶然走到那里一个陌生的地方瞭望，但那无形中的窗子是仍然存在的。不信，你检查他们的行李，有谁不带着罐头食品，帆布床，以及别的证明你还在你窗子以内的种种零星用品，你再摸一摸他们的皮包，那里短不了有些钞票；一到一个地方，你有的是一个提另的小小世界。不管你的窗子朝向哪里望，所看到的多半则仍是在你窗子以外，隔层玻璃，或是铁纱！隐隐约约你看到一些颜色，听到一些声音，如果你私下满足了，那也没有甚么，只是千万别高兴起说什么接触了，认识了若干事物人情，天知道那是罪过！洋鬼子们的一些浅薄，千万学不得。

你是仍然坐在窗子以内的，不是火车的窗子，汽车的窗子，就是客栈逆旅的窗子，再不然就是你自己无形中习惯的窗子，把你搁在里面。接触和认识实在谈不到，得天独厚的闲暇生活先不容你。一样是旅行，如果你背上掮的不是照相机而是一点做买卖的小血本，你就需要全副的精神来走路：你得留神投宿的地方；你得计算一路上每吃一次烧饼和几颗沙果的钱；遇着同行的战战兢兢的打招呼，互相捧出诚意，遇着困难时好互相关照帮忙；到了一个地方你是真带着整个血肉的身体到处碰运气，紧张的境遇不容你不奋斗，不与其他奋斗的血和肉的接触，直到经验使得你认识。

前日公共汽车里一列辛苦的脸，那些谈话，里面就有很多生活的分量。陕西过来做生意的老头和那旁坐的一股客气，是不得已的；由交城下车的客人执着红粉包纸烟递到汽车行管事手里也是有多少理由的，穿棉背心的老太婆默默地挟住一个蓝布包袱，一个钱包，是在用尽她的全副本领的。果然到了冀村，她错过站头，还亏别个客人替她要求车夫，将汽车退行两里路，她还不大相信的望着那村站，口里噜苏着这地方和上次如何两样了。开车的一面发牢骚一面爬到车顶替老太婆拿行李，经验使得他有一种涵养，行旅中少不了有认不得路的老太太，这个道理全世界是一样的，伦敦警察之所以特别和蔼，也是从迷路的老太太孩子们身上得来的。

话说了这许多，你仍然在廊子底下坐着，窗外送来溪流的喧响，兰花烟气味早已消失，四个乡下人这时候当已到了上流“庆和义”磨坊前面。昨天那里磨坊的伙计很好笑的满脸挂着面粉，让你看着磨坊的构造；坊下的木轮，屋里旋转着的石碾，又在高低的院落里，来回看你所不经见的农具在日影下列着。院中一棵老槐、一丛鲜艳的杂花、一条曲曲折折引水的沟渠，伙计和气的伴着说闲话。他用着山西口音，告诉你，那里一年可出五千多包的面粉，每包的价钱约略两块多钱。又说这十几年来，这一带因为山水忽然少了，磨坊关闭了多少家，外国人都把那些磨坊租去做他们避暑的别墅。惭愧的你说，你就是住在一个磨坊里面，他脸上堆起微笑，让面粉一星星在日光下映着，说认得认得，原来你所租的磨坊主人，一个外国牧师，待这村子极和气，乡下人和他还都有好感情。

这真是难得了，并且好感的由来还有实证。就是那一天早上你无意中出去探古寻胜，这一省山明水秀，古刹寺院，动不动就是宋辽的原物。走到山上一个小村的关帝庙里，看到一个铁铎，刻着万历年号，原来是万历赐这村里庆成王的后人的，不知怎样流落到卖古董的手里。七年前让这牧师买去，晚上打着玩，嘹亮的钟声被村人听到，急忙赶来打听，要凑原价买回，情辞恳切。说起这是他们吕姓的祖传宝物，决不能让它流落出境，这牧师于是真个把铁铎还了他们，从此便在关帝庙神前供着。

这样一来你的窗子前面便展开了一张浪漫的图画，打动了你的好奇，管它是隔一层或两层窗子，你也忍不住要打听点底细，怎么明庆成王的后人会姓吕！这下子文章便长了。

如果你的祖宗是皇帝的嫡亲弟弟，你是不会，也不愿，忘掉的。据说庆成王是永乐的弟弟，这赵庄村里的人都是他的后代。不过就是因为他们记得太清楚了，另一朝的皇帝都有些老大不放心，雍正间诏命他们改姓，由姓朱改为姓吕，但是他们还有用二十字排行的方法，使得他们不会弄错他们是这一脉子孙。

这样一来你就有点心跳了，昨天你雇来那打水洗衣服的不也是赵庄村来的，并且还姓吕！果然那土头土脑圆脸大眼的少年是个皇裔贵族，真是有失尊敬了。那么这村子一定穷得不得了，但事实上则不见得。

田亩一片，年年收成也不坏。家家户户门口有特种围墙，像个小小堡垒——当时防匪用的。屋子里面有大漆衣柜衣箱，柜门上白铜擦得亮亮；炕上棉被红红绿绿也颇鲜艳。可是据说关帝庙里已有四年没有唱戏了，虽然戏台还高巍巍的对着正殿。村子这几年穷了，有一位王孙告诉你，唱戏太花钱，尤其是上边使钱。这里到底是隔个窗子，你不懂了，一样年年好收成，为什么这几年村子穷了，只模模糊糊听到什么军队驻了三年多等，更不懂是，村子向上一年辛苦后的娱乐，关帝庙里唱唱戏，得上面使钱？既然隔个窗子听不明白，你就通气点别尽管问了。

隔着一个窗子你还想明白多少事？昨天雇来吕姓倒水，今天又学洋鬼子东逛西逛，跑到下面养着鸡羊，上面挂有武魁匾额的人家，让他们用你不懂得的乡音招呼你吃菜，炕上坐，坐了半天出到门口，和那送客的女人周旋客气了一回，才恍然大悟，她就是替你倒脏水洗衣裳的吕姓王孙的妈，前晚上还送饼到你家来过！

这里你迷糊了。算了算了！你简直老老实实的坐在你窗子里得了，窗子以外的事，你看了多少也是枉然，大半你是不明白，也不会明白的。

初刊于1934年9月5日《大公报·文艺副刊》第99期。

纪念志摩去世四周年

今天是你走脱这世界的四周年！朋友，我们这次拿什么来纪念你？前两次的用香花感伤的围上你的照片，抑住嗓子底下叹息和悲梗，朋友和朋友无聊的对望着，完成一种纪念的形式，俨然是愚蠢的失败。因为那时那种近于伤感，而又不够宗教庄严的举动，除却点明了你和我们中间的距离，生和死的间隔外，实在没有别的成效；几乎完全不能达到任何真实纪念的意义。

去年今日我意外的由浙南路过你的家乡，在昏沉的夜色里我独立火车门外，凝望着那幽暗的站台，默默的回忆许多不相连续的过往残片，直到生和死间居然幻成一片模糊，人生和火车似的蜿蜒 串疑问在苍茫间奔驰。我想起你的：

火车擒住轨，在黑夜里奔

过山，过水，过……

如果那时候我的眼泪曾不自主的溢出睫外，我知道你定会原谅我的。你应当相信我不会向悲哀投降，什么时候我都相信倔强的忠于生的，即使人生如你底下所说：

> 就凭那精窄的两道，算是轨，
> 驮着这份重，梦一般的累坠！

就在那时候我记得火车慢慢地由站台拖出一程一程地前进，我也随着酸怆的诗意，那“车的呻吟”“过荒野，过池塘，……过噤口的村庄”。到了第二站——我的一半家乡。

今年又轮到今天这一个日子！世界仍旧一团糟，多少地方是黑云布满着粗筋络往理想的反面猛进，我并不在瞎说，当我写：

> 信仰只一细炷香，
> 那点子亮再经不起西风
> 沙沙的隔着梧桐树吹

朋友，你自己说，如果是你现在坐在我这位子上，迎着这一窗太阳：眼看着菊花影在墙上描画作态；手臂下倚着两叠今早的报纸；耳朵里不时隐隐的听着朝阳门外“打靶”

的枪弹声；意识的，潜意识的，要明白这生和死的谜，你又该写成怎样一首诗来，纪念一个死别的朋友？

此时，我却是完全的一个糊涂！习惯上我说，每桩事都像是造物的意旨，归根都是运命，但我明知道每桩事都有我们自己的影子在里面烙印着！我也知道每一个日子是多少机缘巧合凑拢来拼成的图案，但我也疑问其间的排布谁是主宰。据我看来：死是悲剧的一章，生则更是一场悲剧的主干！我们这一群剧中的角色自身性格与性格矛盾；理智与情感两不相容；理想与现实当面冲突，侧面或反面激成悲哀。日子一天一天向前转，昨日和昨日堆垒起来混成一片不可避脱的背景，做成我们周遭的墙壁或气氲，那么结实又那么缥渺，使我们每一人站在每一天的每一个时候里都是那么主要，又是那么渺小无能为！

此刻我几乎找不出一句话来说，因为，真的，我只是个完全的糊涂；感到生和死一样的不可解，不可懂。

但是我却要告诉你，虽然四年了你脱离去我们这共同活动的世界，本身停掉参加牵引事体变迁的主力，可是谁也不能否认，你仍立在我们烟涛渺茫的背景里，间接的是一种力量，尤其是在文艺创造的努力和信仰方面。间接的你任凭自然的音韵，颜色，不时的风轻月白，人的无定律的一切情感，悠断悠续的仍然在我们中间继续着生，仍然与我们共同交织着这生的纠纷，继续着生的理想。你并不离我们太远。你的身影永远挂在这里那里，同你生前一样的飘忽，爱在人家不经意时莅止，带来勇气的笑声也总是那么嘹亮，还有，还有经过你热情或焦心苦吟的那些诗，一首一首仍串着许多人的心旋转。

说到你的诗，朋友，我正要正经的同你再说一些话。你不要不耐烦。这话迟早我们总要说清的。人说盖棺论定，前者早已成了事实，这后者在这四年中，说来叫人难受，我还未曾读到一篇中肯或诚实的论评，虽然对你的赞美和攻讦由你去世后一两周间，就纷纷开始了。但是他们每人手里拿的都不像纯文艺的天秤；有的喜欢你的为人，有的疑问你私人的道德；有的单单尊崇你诗中所表现的思想哲学，有的仅喜爱那些软弱的细致的句子，有的每发议论必须牵涉到你的个人生活之合乎规矩方圆，或断言你是轻薄，或引证你是浮奢豪侈！朋友，我知道你从不介意过这些，许多人的浅陋老实或刻薄处你早就领略过一堆，你不止未曾生过气，并且常常表现怜悯同原谅；你的心情永远是那么洁净；头老抬得那么高；胸中老是那么完整的诚挚；臂上老有那么许多不折不挠的勇气。但是现在的情形与以前却稍稍不同，你自己既已不在这里，做你朋友的，眼看着你被误解，曲解，乃至于谩骂，有时真忍不住替你不平。

但你可别误会我心眼儿窄，把不相干的看成重要，我也知道误解曲解谩骂，都是不相干的，但是朋友，我们谁都需要有人了解我们的时候，真了解了我们，即使是痛下针砭，骂着了我们的弱处错处，那整个的我们却因而更增添了意义，一个作家文艺的总成绩更需要一种就文论文，就艺术论艺术的和平判断。

你在《猛虎集》序中说“世界上再没有比写诗更惨的事”，你却并未说明为什么写诗是一桩惨事，现在让我来个注脚好不好？我看一个人一生为着一个愚诚的倾向，把所感受到的复杂的情绪尝味到的生活，放到自己的理想和信仰的锅炉里烧炼成几句悠扬铿锵的语言（哪怕是几声小唱），来满足他自己本能的艺术的冲动，这本来是个极寻常的事。哪一个地方哪一个时代，都不断有这种人。轮着做这种人的多半是为着他情感来的比寻常人浓富敏锐，而为着这情感而发生的冲动更是非实际的——或不全是实际的——追求，而需要那种艺术的满足而已。说起来写诗的人的动机多么简单可怜，正是如你序里所说“我们都是受支配的善良的生灵”！虽然有些诗人因为他们的成绩特别高厚旷阔包括了多数人，或整个时代的艺术和思想的冲动，从此便在人间披上神秘的光圈，使“诗人”两字无形中挂着崇高的色彩。这样使一般努力于用韵文表现或描画人在自然万物相交错时的情绪思想的，便被人的成见看做夸大狂的旗帜，需要同时代人的极冷酷的讥讪和不信任来扑灭它，以挽救人类的尊严和健康。

我承认写诗是惨淡经营，孤立在人中挣扎的勾当，但是因为我知道太清楚了，你在这上面单纯的信仰和诚恳的尝试，为同业者奋斗，卫护他们的情感的愚诚，称扬他们艺术的创造，自己从未曾求过虚荣，我觉得你始终是很逍遥舒畅的。如你自己所说“满头血水”你“仍不曾低头”，你自己相信“一点性灵还在那里挣扎”“还想在实际生活的重重压迫下透出一些声响来”。

简单的说，朋友，你这写诗的动机是坦白不由自主的，你写诗的态度是诚实，勇敢而倔强的。这在讨论你诗的时候，谁都先得明了的。

至于你诗的技巧问题，艺术上的造诣，在这新诗仍在彷徨歧路的尝试期间，谁也不能坚决的论断，不过有一桩事我很想提醒现在讨论新诗的人，新诗之由于无条件无形制宽泛到几乎没有一定的定义时代，转入这讨论外形内容，以至于音节韵脚章句意象组织等艺术技巧问题的时期，即是根据着对这方面努力尝试过的那一些诗，你的头两个诗集子就是供给这些讨论见解最多材料的根据。外国的土话说“马总得放在马车的前面”，不是？没有一些尝试的成绩放在那里，理论家是不能老在那里发一堆空头支票的，不是？

你自己一向不止在那里倔强的尝试用功，你还曾用尽你所有活泼的热心鼓励别人尝试，鼓励“时代”起来尝试，——这种工作是最犯风头嫌疑的，也只有你胆子大头皮硬顶得下来！我还记得你要印诗集子时我替你捏一把汗，老实说还替你在有文采的老前辈中间难为情过，我也记得我初听到人家找你办“晨副”时我的焦急，但你居然板起个脸抓起两把鼓槌子为文艺吹打开路乃至于扫地，铺鲜花，不顾旧势力的非难，新势力的怀疑，你干你的事“事有人为，做了再说”那股子劲，以后别处也还很少见。

现在你走了，这些事渐渐在人的记忆中模糊下来，你的诗和文章也散漫在各小本集子里，压在有极新鲜的封皮的新书后面，谁说起你来，不是麻麻糊糊的承认你是过去中一个势力，就是拿能够挑剔看轻你的诗为本事（散文人家很少提到，或许“散文家”没有诗人那么光荣，不值得注意），朋友，这是没法子的事，我却一点不为此灰心，因为我有我的信仰。

我认为我们这写诗的动机既如前边所说那么简单愚诚；因在某一时，或某一刻敏锐的接触到生活上的锋芒，或偶然的触遇到理想峰巅上云彩星霞，不由得不在我们所习惯的语言中，编缀出一两串近于音乐的句子来，慰藉自己，解放自己，去追求超实际的真美，读诗者的反应一定有一大半也和我们这写诗的一样诚实天真，仅想在我们句子中间由音乐性的愉悦，接触到一些生活的底蕴，渗合着美丽的憧憬；把我们的情绪给他们的情绪搭起一座浮桥；把我们的灵感，给他们生活添些新鲜；把我们的痛苦伤心再揉成他们自己忧郁的安慰！

我们的作品会不会长存在下去，也就看它们会不会活在那一些我们从来不认识的人，我们作品的读者，散在各时，各处互相不认识的孤单的人的心里的，这种事它自己有自己的定律，并不需要我们的关心的。你的诗据我所知道的，它们仍旧在这里浮沉流落，你的影子也就浓淡参差的系在那些诗句中，另一端印在许多不相识人的心里。朋友，你不要过于看轻这种间接的生存，许多热情的人他们会为着你的存在，而加增了生的意识的。伤心的仅是那些你最亲热的朋友们和同兴趣的努力者，你不在他们中间的事实，将要永远是个不能填补的空虚。

你走后大家就提议要为你设立一个“志摩奖金”来继续你鼓励人家努力诗文的素志，勉强象征你那种对于文艺创造拥护的热心，使不及认得你的青年人永远对你保存着亲热。如果这事你不觉到太寒伧不够热气，我希望你原谅你这些朋友们的苦心，在冥冥之中笑着给我们勇气来做这一些蠢诚的事吧。

二十四年十一月十九日　北平

原载 1935 年 12 月 8 日《大公报·文艺副刊》第 56 期“星期特刊”。

彼 此

朋友又见面了，点点头笑笑，彼此晓得这一年不比往年，彼此是同增了许多经验。个别的说，这时间中每一人的经历虽都有特殊的形相，含着特殊的滋味，需要个别的情绪来分析来描述。

综合的说，这许多经验却是一整片仿佛同式同色，同大小，同分量的迷惘。你触着那一角，我碰上这一头，归根还是那一片迷惘笼罩着彼此。七月！——这两字就如同史歌的开头那么有劲——八月，九月带来了那狂风，后来。后来过了年——那无法忘记的除夕！——又是那一月，二月，三月，到了七月，再接再厉的又到了年夜。现在又是一月二月在开始……谁记得最清楚，这串日子是怎样的延续下来，生活如何的变？想来彼此都不会记得过分清晰，一切都似乎在这离中旋转，但谁又会忘掉那么切肤的重重忧患的网膜？

经过炮火或流浪的洗礼，变换又变换的日月，难道彼此脸上没有一点记载这经验的痕迹？但是当整一片国土纵横着创痕，大家都是“离散而相失……去故乡而就远”，自然“心婵媛而伤怀兮，眇不知其所蹠”，脸上所刻那几道并不使彼此惊讶，所以还只是笑笑好。口角边常添几道酸甜的纹路，可以帮助彼此咀嚼生活。何不默认这一点：在迷惘中人最应该有笑，这种的笑，虽然是敛住神经，敛住肌肉，仅是毅力的后背，它却是必需的，如同保护色对于许多生物，是必需的一样。

那一晚在 ×× 江心，某一来船的甲板上，热臭的人丛中，他记起他那时的困顿饥渴和狼狈，旋绕他头上的却是那真实倒如同幻象，幻象又成了真实的狂敌杀人的工具，敏捷而近代型的飞机：美丽得像鱼像鸟……！这里黯然的一掬笑是必需的，因为同样的另外一个人懂得那原始的骤然唤起纯筋肉反射作用的恐怖。他也正在想那时他在 ×× 车站台上露宿，天上有月，左右有人，零落如同被风雨摧落后的落叶，瑟索地蜷伏着，他们心里都在回味那一天他们所初次尝到的敌机的轰炸！谈话就可以这样无限制的延长，因为现在都这样的记忆，——比这样更辛辣苦楚的——在各人心里真是太多了！随便提起一个地名大家所熟悉的都会或商埠，随着全会涌起怎样的一个最后印象！

再说初入一个陌生城市的一天，——这经验现在又多普遍——尤其是在夜间，这里就把个别的情形和感触除外，在大家心底曾留下的还不是一剂彼此都熟识的清凉散？苦里带涩，那滋味侵入脾胃时，小小的冷噤会轻轻在背脊上爬过，用不着丝毫锐性的感伤！也许他可以说他在那夜进入某某城内时，看到一列小店门前凄惶的灯，黄黄的发出奇异的晕光，使他嗓子里如梗着刺，感到一种发紧的触觉。你能所记得的却是某一号车站后面黯白的煤气灯射到陌生的街心里，使你心里好像失落了什么。

那陌生的城市，在地图上指出时，你所经过的同他所经过的也可以有极大的距离，你同他当时的情形也可以完全的不相同。但是在这里，个别的异同似乎非常之不相干；相干的仅是你我会彼此点头，彼此会意，于是也会彼此的笑笑。

七月在卢沟桥与敌人开火以后，纵横中国土地上的脚印密密的衔接起来，更加增了中国地域广漠的证据。每个人参加过这广漠地面上流转的大韵律的，对于尘土和血，两件在寻常不多为人所理会的，极寻常的天然质素，现在每人在他个别的角上，对它们都发生了莫大亲切的认识。每一寸土，每一滴血，这种话，已是可接触，可把持的十分真实的事物，不仅是一句话一个"概念"而已。

在前线的前线，兴奋和疲劳已掺拌着尘土和血另成一种生活的形体魂魄。睡与醒中间，饥与食中间，生和死中间，距离短得几乎不存在！生活只是一股力，死亡一片沉默的恨，事情简单得无可再简单。尚在生存着的，继续着是力，死去的也继续着堆积成更大的恨。恨又生力，力又变恨，惘惘地却勇敢地循环着，其他一切则全是悬在这两者中间悲壮热烈地穿插。

在后方，事情却没有如此简单，生活仍然缓弛地伸缩着；食宿生死间距离恰像黄昏长影，长长的，尽向前引伸，像要扑入夜色，同夜溶成一片模糊。在日夜宽泛的循回里于是穿插反更多了，真是天地无穷，人生长勤。生之穿插零乱而琐屑，完全无特殊的色泽或轮廓，更不必说英雄气息壮烈成分。斑斑点点仅像小血锈凝在生活上，在你最不经意中烙印生活。如果你有志不让生活在小处窳败，逐渐减损，由锐而钝，由张而弛，你就得更感谢那许多极平常而琐碎的摩擦，无日无夜地透过你的神经，肌肉或意识。这种时候，叹息是悬起了，因一切虽然细小，却绝非从前所熟识的感伤。每件经验都有它粗壮的真实，没有叹息的余地。口边那酸甜的纹路是实际哀乐所刻画而成，是一种坚忍韧性的笑。因为生活既不是简单的火焰时，它本身是很沉重，需要韧性地支持，需要产生这韧性支持的力量。

现在后方的问题，是这种力量的泉源在哪里？决不凭着平日均衡的理智——那是不够的，天知道！尤其是在这时候，情感就在皮肤底下“踊跃其若汤”，似乎它所需要的是超理智的冲动！现在后方被缓的生活，紧的情感，两面摩擦得愁郁无快，居戚戚而不可解，每个人都可以苦恼而又热情地唱“终长夜之曼曼兮，掩此哀而不去”，或“宁溘死而流亡兮，不忍为此之常愁！”支持这日子的主力在哪里呢？你我生死，就不检讨它的意义以自大，也还需要一点结实的凭借才好。

我认得有个人，很寻常的过着国难日子的寻常人，写信给他朋友说，他的嗓子虽然总是那么干哑，他却要哑着嗓子私下告诉他的朋友：他感到无论如何在这时候，他为这可爱的老国家带着血活着，或流着血或不流着血死去，他都觉得荣耀，异于寻常的，他现在对于生与死都必然感到满足。这话或许可以在许多心弦上叩起回响，我常思索这简单朴实的情感是从哪里来的。信念？像一道泉流透过意识，我开始明了理智同热血的冲动以外，还有个纯真的力量的出处。信心产生力量，又可储蓄力量。

信仰坐在我们中间多少时候了，你我可曾觉察到？信仰所给予我们的力量不也正是那坚忍韧性的倔强？我们都相信，我们只要都为它忠贞地活着或死去，我们的大国家自会永远地向前迈进，由一个时代到又一个时代。我们在这生是如此艰难，死是这样容易的时候，彼此仍会微笑点头的缘故也就在这里吧？现在生活既这样的彼此患难同味，这信心自是，我们此时最主要的连系，不信你问他为什么仍这样硬朗地活着，他的回答自然也是你的回答，如果他也问你。

信仰坐在我们中间多少时候了？那理智热情都不能代替的信心！

思索时许多事，在思流的过程中，总是那么晦涩，明了时自己都好笑所想到的是那么简单明显的事实！此时我拭下额汗，差不多可以意识到自己口边的纹路，我尊重着那酸甜的笑，因为我明白起来，它是力量。

话不用再说了，现在一切都是这么彼此，这么共同，个别的情绪这么不相干。当前的艰苦不是个别的，而是普遍的，充满整一个民族，整一个时代！我们今天所叫做生活的，过后它便是历史。客观的无疑我们彼此所熟识的艰苦正在展开一个大时代。所以别忽略了我们现在彼此的点点头。且最好让我们共同酸甜的笑纹，有力的，坚韧的，横过历史。

初刊于1939年2月5日《今日评论》第1卷第6期。

一片阳光

放了假，春初的日子松弛下来。将午未午时候的阳光，澄黄的一片，由窗槛横浸到室内，晶莹的四处射。我有点发怔，习惯的在沉寂中惊讶我的周围。我望着太阳那湛明的体质，像要辨别它那交织绚烂的色泽，追逐它那不着痕迹的流动。看它洁净的映到书桌上时，我感到桌面上平铺着一种恬静，一种精神上的豪兴，情趣上的闲逸；即或所谓“窗明几净”，那里默守着神秘的期待，漾开诗的气氛。那种静，在静里似可听到那一处琤琮的泉流，和着仿佛是断续的琴声，低诉着一个幽独者自娱的音调。看到这同一片阳光射到地上时，我感到地面上花影浮动，暗香吹拂左右，人随着晌午的光霭花气在变幻，那种动，柔谐婉转有如无声音乐，令人悠然轻快，不自觉的脱落伤愁。至多，在舒扬理智的客观里使我偶一回头，看看过去幼年记忆步履所留的残迹，有点儿惋惜时间；微微怪时间不能保存情绪，保存那一切情绪所曾流连的境界。

倚在软椅上不但奢侈，也许更是一种过失，有闲的过失。但东坡的辩护：“懒者常似静，静岂懒者徒”，不是没有道理。如果此刻不倚榻上而“静”，则方才情绪所兜的小小圈子便无条件的失落了去！人家就不可惜它，自己却实在不能不感到这种亲密的损失的可哀。

就说它是情绪上的小小旅行吧，不走并无不可，不过走走未始不是更好。归根说，我们活在这世上到底最珍惜一些什么？果真珍惜万物之灵的人的活动所产生的种种，所谓人类文化？这人类文化到底又靠一些什么？我们怀疑或许就是人身上那一撮精神同机体的感觉，生理心理所共起的情感，所激发出的一串行为，所聚敛的一点智慧，——那么一点点人之所以为人的表现。宇宙万物客观的本无所可珍惜，反映在人性上的山川草木禽兽才开始有了秀丽，有了气质，有了灵犀。反映在人性上的人自己更不用说。没有人的感觉，人的情感，即便有自然，也就没有自然的美，质或神方面更无所谓人的智慧，人的创造，人的一切生活艺术的表现！这样说来，谁该鄙弃自己感觉上的小小旅行？为壮壮自己胆子，我们更该相信惟其人类有这类情绪的驰骋，实际的世间才赓续着产生我们精神所寄托的文物精萃。

此刻我竟可以微微一咳嗽，乃至于用播音的圆润口调说：我们既然无疑的珍惜文化，即尊重盘古到今种种的艺术——无论是抽象的思想的艺术，或是具体的驾驭天然材料另创的非天然形象——则对于艺术所由来的渊源，那点点人的感觉，人的情感智慧（通称人的情绪的），又当如何的珍惜才算合理？

但是情绪的驰骋，显然不是诗或画或任何其他艺术建造的完成。这驰骋此刻虽占了自己生活的若干时间，却并不在空间里占任何一个小小位置！这个情形自己需完全明了。此刻它仅是一种无踪迹的流动，并无栖身的形体。它或含有各种或可捉摸的质素，但是好奇地探讨这个质素而具体要表现它的差事，无论其有无意义，除却本人外，别人是无能为力的。我此刻为着一片清婉可喜的阳光，分明自己在对内心交流变化的各种联想发生一种兴趣的注意，换句话说，这好奇与兴趣的注意已是我此刻生活的活动。一种力量又迫着我来把握住这个活动，而设法表现它，这不易抑制的冲动，或即所谓艺术冲动也未可知！只记得冷静的杜工部散散步，看看花，也不免会有“江上被花恼不彻，无处告诉只颠狂”的情绪上一片紊乱！玲珑煦暖的阳光照人面前，那美的感人力量就不减于花，不容我生硬的自己把情绪分划为有闲与实际的两种，而权其轻重，然后再决定取舍的。我也只有情绪上的一片紊乱。

情绪的旅行本偶然的事，今天一开头便为着这片春初晌午的阳光，现在也还是为着它。房间内有两种豪侈的光常叫我的心绪紧张如同花开，趁着感觉的微风，深浅零乱于冷智的枝叶中间。一种是烛光，高高的台座，长垂的烛泪，熊熊红焰当帘幕四下时各处光影掩映。那种闪烁明艳，雅有古意，明明是画中景象，却含有更多诗的成分。另一种便是这初春晌午的阳光，到时候有意无意的大片子洒落满室，那些窗棂栏板几案笔砚浴在光霭中，一时全成了静物图案；再有红蕊细枝点缀几处，室内更是轻香浮溢，叫人俯仰全触到一种灵性。

这种说法怕有点会发生误会，我并不说这片阳光射入室内，需要笔砚花香那些儒雅的托衬才能动人，我的意思倒是：室内顶寻常的一些供设，只要一片阳光这样又幽娴又洒脱的落在上面，一切都会带上另一种动人的气息。

这里要说到我最初认识的一片阳光。那年我六岁，记得是刚刚出了水珠以后——水珠即寻常水痘，不过我家乡的话叫它做水珠。当时我很喜欢那美丽的名字，忘却它是一种病，因而也觉到一种神秘的骄傲。只要人过我窗口问问出"水珠"么？我就感到一种荣耀。那个感觉至今还印在脑子里。也为这个缘故，我还记得病中奢侈的愉悦心境。虽然同其他多次的害病一样，那次我仍然是孤独的被囚禁在一间房屋里休养的。那是我们老宅子里最后的一进房子；白粉墙围着小小院子，北面一排三间，当中夹着一个开敞的厅堂。我病在东头娘的卧室里。西头是婶婶的住房。娘同婶永远要在祖母的前院里行使她们女人们的职务的，于是我常是这三间房屋惟一留守的主人。

在那三间屋子里病着，那经验是难堪的。时间过得特别慢，尤其是在日中毫无睡意的时候。起初，我仅集注我的听觉在各种似脚步，又不似脚步的上面。猜想着，等候着，希望着人来。间或听听隔墙各种琐碎的声音，由墙基底下传达出来又消敛了去。过一会，我就不耐烦了——不记得是怎样的，我就趿着鞋，捱着木床走到房门边。房门向着厅堂斜斜的开着一扇，我便扶着门框好奇的向外探望。

那时大概刚是午后两点钟光景，一张刚开过饭的八仙桌，异常寂寞的立在当中。桌下一片由厅口处射进来的阳光，泄泄融融的倒在那里。一个绝对悄寂的周围伴着这一片无声的金色的晶莹，不知为什么，忽使我六岁孩子的心里起了一次极不平常的振荡。

那里并没有几案花香，美术的布置，只是一张极寻常的八仙桌。如果我的记忆没有错，那上面在不多时间以前，是刚陈列过咸鱼、酱菜一类极寻常俭朴的午餐的。小孩子的心却呆了。或许两只眼睛倒张大一点，四处的望，似乎在寻觅一个问题的答案。为什么那片阳光美得那样动人？我记得我爬到房内窗前的桌子上坐着，有意无意的望望窗外，院里粉墙疏影同室内那片金色和煦绝然不同趣味。顺便我翻开手边娘梳装用的旧式镜箱，又上下摇动那小排状抽屉，同那刻成花篮形小铜坠子，不时听雀跃过枝清脆的鸟语。心里却仍为那片阳光隐着一片模糊的疑问。

时间经过二十多年，直到今天，又是这样一泄阳光，一片不可捉摸，不可思议流动的而又恬静的瑰宝，我才明白我那问题是永远没有答案的。事实上仅是如此：一张孤独的桌，一角寂寞的厅堂。一只灵巧的镜箱，或窗外断续的鸟语，和水珠——那美丽小孩子的病名——便凑巧永远同初春静沉的阳光整整复斜斜的成了我回忆中极自然的联想。

初刊于1946年11月24日《大公报·文艺副刊》，此期为“星期文艺”第7期。

辑三　小说

1928 年 3 月，新婚时的林徽因与梁思成

九十九度中

三个人肩上各挑着黄色，有“美丰楼”字号大圆篓的，用着六个满是泥泞凝结的布鞋，走完一条被太阳晒得滚烫的马路之后，转弯进了一个胡同里去。

“劳驾，借光——三十四号甲在哪一头？”在酸梅汤的摊子前面，让过一辆正在飞奔的家车——钢丝轮子亮得晃眼的——又向蹲在墙角影子底下的老头儿，问清了张宅方向后，这三个流汗的挑夫便又努力的往前走。那六只泥泞布履的脚，无条件的，继续着他们机械式的展动。

在那轻快的一瞥中，坐在洋车上的卢二爷看到黄篓上饭庄的字号，完全明白里面装的是丰盛的筵席，自然的，他估计到他自己午饭的问题。家里饭乏味，菜蔬缺乏个性，太太的脸难看，你简直就不能对她提到那厨子问题。这几天天太热，太热，并且今天已经二十二，什么事她都能够牵扯到薪水问题上，孩子们再一吵，谁能够在家里吃中饭！

“美丰楼饭庄”，黄篓上黑字写得很笨大，方才第三个挑夫挑得特别吃劲，摇摇摆摆地使那黄篓左右的晃……

美丰楼的菜不能算坏，义永居的汤面实在也不错……于是义永居的汤面？还是市场万花斋的点心？东城或西城？找谁同去聊天？逸九新从南边来的住在哪里？或许老孟知道，何不到和记理发馆借个电话？卢二爷估计着，犹豫着，随着洋车的起落。他又好像已经决定了在和记借电话，听到伙计们的招呼："……二爷您好早？……用电话，这边您哪！……"

伸出手臂，他睨一眼金表上所指示的时间，细小的两针分停在两个钟点上，但是分明的都在挣扎着到达十二点上边。在这时间中，车夫感觉到主人在车上翻动不安，便更抓稳了车把，弯下一点背，勇猛的狂跑。二爷心里仍然疑问着面或点心；东城或西城；车已赶过前面的几辆。一个女人骑着自行车，由他左侧冲过去，快镜似的一瞥鲜艳的颜色，脚与腿，腰与背，侧脸、眼和头发，全映进老卢的眼里，那又是谁说过的……老卢就是爱看女人！女人谁又不爱？难道你在街上真闭上眼不瞧那过路的漂亮的！

"到市场，快点。"老卢吩咐他车夫奔驰的终点，于是主人和车夫戴着两顶价格极不相同的草帽，便同在一个太阳底下，向东安市场奔去。

很多好看的碟子和鲜果点心，全都在大厨房院里，从黄色层篓中检点出来。立着监视的有饭庄的"二掌柜"和张宅的"大师傅"；两人都因为胖的缘故，手里都有把大蒲扇。大师傅举着扇，扑一下进来凑热闹的大黄狗。

“这东西真讨嫌不过！”这句话大师傅一半拿来骂狗，一半也是来权作和掌柜的寒暄。

“可不是？他 × 的，这东西真可恶。”二掌柜好脾气地用粗话也骂起狗。

狗无聊的转过头到垃圾堆边闻嗅隔夜的肉骨。

奶妈抱着孙少爷进来，七少奶每月用六元现洋雇她，抱孙少爷到厨房，门房，大门口，街上一些地方喂奶连游玩的。今天的厨房又是这样的不同；饭庄的“头把刀”带着几个伙计在灶边手忙脚乱的炒菜切肉丝，奶妈觉得孙少爷是更不能不来看：果然看到了生人，看到狗，看到厨房桌上全是好看的干果，鲜果，糕饼，点心，孙少爷格外高兴，在奶妈怀里跳，手指着要吃。奶妈随手赶开了几只苍蝇，拣一块山楂糕放到孩子口里，一面和伙计们打招呼。

忽然看到陈升走到院子里找赵奶奶，奶妈对他挤了挤眼，含笑的问：“什么事值得这么忙？”同时她打开衣襟露出前胸喂孩子奶吃。

“外边挑担子的要酒钱。”陈升没有平时的温和，或许是太忙了的缘故。老太太这次做寿，比上个月四少奶小孙少爷的满月酒的确忙多了。

此刻那三个粗蠢的挑夫蹲在外院槐树荫下，用黯黑的毛巾擦他们的脑袋，等候着他们这满身淋汗的代价。一个探首到里院偷偷看院内华丽的景象。

里院和厨房所呈的纷乱固然完全不同，但是它们纷乱的主要原因则是同样的，为着六十九年前的今天。六十九年前的今天，江南一个富家里又添了一个绸缎金银裹托着的小生命。经过六十九个像今年这样流汗天气的夏天，又产生过另十一个同样需要绸缎金银的生命以后，那个生命乃被称为长寿而又有福气的妇人。这个妇人，今早由两个老妈扶着，坐在床前，拢一下斑白稀疏的鬓发，对着半碗火腿稀饭摇头：

“赵妈，我哪里吃得下这许多？你把锅里的拿去给七少奶的云乖乖吃罢……”

七十年的穿插，已经卷在历史的章页里，在今天的院里能呈露出多少，谁也不敢说。事实是今天，将有很多打扮得极体面的男女来庆祝，庆祝能够维持这样长久寿命的女人，并且为这一庆祝，饭庄里已将许多生物的寿命裁削了，拿它们的肌肉来补充这庆祝者的肠胃。

前两天这院子就为了这事改变了模样，簇新的喜棚支出瓦檐丈余尺高。两旁红喜字玻璃方窗，由胡同的东头，和顺车厂的院里是可以看得很清楚的。前晚上六点左右，小三和环子，两个洋车夫的儿子，倒土筐的时候看到了，就告诉他们嬷："张家喜棚都搭好了，是哪一个孙少爷娶新娘子？"他们嬷为这事，还拿了鞋样到陈大嫂家说个话儿。正看到她在包饺子，笑嘻嘻的得意得很，说老太太做整寿，——多好福气——她当家的跟了张老太爷多少年。昨天张家三少奶还叫她进去，说到日子要她去帮个忙儿。

喜棚底下圆桌面就有七八张，方凳更是成叠地堆在一边；几个夫役持着鸡毛帚，忙了半早上才排好五桌。小孩子又多，什么孙少爷，侄孙少爷，姑太太们带来的那几位都够淘气的。李贵这边排好几张，那边少爷们又扯走了排火车玩。天热得厉害，苍蝇是免不了多，点心干果都不敢先往桌子上摆。冰化得也快，篓子底下冰水化了满地！汽水瓶子挤满了厢房的廊上，五少奶看见了只嚷不行，全要冰起来。

全要冰起来！真是的，今天的食品全摆起来够像个菜市，四个冰箱也腾不出一点空隙。这新买来的冰又放在哪里好？李贵手里捧着两个绿瓦盆，私下里咕噜着为这筵席所发生的难题。

赵妈走到外院传话，听到陈升很不高兴的在问三个挑夫要多少酒钱。

"瞅着给罢。"一个说。

"怪热天多赏点吧。"又一个抿了抿干燥的口唇，想到方才胡同口的酸梅汤摊子，嘴里觉着渴。

就是这嘴里渴得难受，杨三把卢二爷拉到东安市场西门口，心想方才在那个“喜什么堂”门首，明明看到王康坐在洋车脚蹬上睡午觉。王康上月底欠了杨三十四吊钱，到现在仍不肯还；只顾着躲他。今天债主遇到赊债的赌鬼，心头起了各种的计算——杨三到饿的时候，脾气常常要比平时坏一点。天本来就太热，太阳简直是冒火，谁又受得了！方才二爷坐在车上，尽管用劲踩铃，金鱼胡同走道的学生们又多，你撞我闯的，挤得真可以的。杨三擦了汗一手抓住车把，拉了空车转回头去找王康要账。

“要不着八吊要六吊，再要不着，要他 × 的几个混蛋嘴巴！”杨三脖干儿上太阳烫得像火烧。“四吊多钱我买点羊肉，吃一顿好的。葱花烙饼也不坏——谁又说大热天不能喝酒？喝点又怕什么——睡得更香。卢二爷到市场吃饭，进去少不了好几个钟头……”

喜燕堂门口挂着彩，几个乐队里人穿着红色制服，坐在门口喝茶——他们把大铜鼓搁在一旁，铜喇叭夹在两膝中间。杨三知道这又是哪一家办喜事。反正一礼拜短不了有两天好日子，就在这喜燕堂，哪一个礼拜没有一辆花马车，里面搀出花溜溜的新娘？今天的花车还停在一旁……

“王康，可不是他！”杨三看到王康在小挑子的担里买香瓜吃。

“有钱的娶媳妇，和咱们没有钱的娶媳妇，还不是一样？花多少钱娶了她，她也短不了要这个那个的——这年头！好媳妇，好！你瞧怎么着？更惹不起！管你要钱，气你喝酒！再有了孩子，又得顾他们吃，顾他们穿。……”

王康说话就是要“逗个乐儿”，人家不敢说的话他敢说。一群车夫听到他的话，各各高兴的凑点尾声。李荣手里捧着大饼，用着他最现成的粗话引着那几个年轻的笑。李荣从前是拉过家车的——可惜东家回南，把事情就搁下来了——他认得字，会看报，他会用新名词来发议论，“文明结婚可不同了，这年头是最讲‘自由’‘平等’的了。”底下再引用了小报上捡来离婚的新闻打哈哈。

杨三没有娶过媳妇，他想娶，可是“老家儿”早过去了没有给他定下亲，外面瞎姘的他没敢要。前两天，棚铺的掌柜娘要同他做媒；提起了一个姑娘说是什么都不错，这几天不知道怎么又没有讯儿了。今天洋车夫们说笑的话，杨三听了感着不痛快。看看王康的脸在太阳里笑得皱成一团，更使他气起来。

王康仍然笑着说话，没有看到杨三，手里咬剩的半个香瓜里面，黄黄的一把瓜子像不整齐的牙齿向着上面。

“老康！这些日子都到哪里去了？我这儿还等着钱吃饭呢！”杨三乘着一股劲发作。

听到声，王康怔了向后看，“呵，这打哪儿说得呢？”他开始赖帐了，“你要吃饭，你打你 × 的自己腰包里掏！要不然，你出个份子，进去那里边，”他手指着喜燕堂，“吃个现成的席去。”王康的嘴说得滑了，禁不住这样嘲笑着杨三。

周围的人也都跟着笑起来。

本来准备着对付赖帐的巴掌，立刻打在王康的老脸上了。必须的扭打，由蓝布幕的小摊边开始，一直扩张到停洋车的地方。来往汽车的喇叭，像被打的狗，呜呜叫号。好几辆正在街心奔驰的洋车都停住了，流汗车夫连喊着“靠里！”“瞧车！”脾气暴的人顺口就是：“他 × 的，这大热天，单挑这么个地方！！”

巡警离开了岗位；小孩子们围上来；喝茶的军乐队人员全站起来看；女人们吓得只喊，“了不得，前面出事了罢！”

杨三提高嗓子只嚷着问王康：“十四吊钱，是你——是你拿走了不是？——”

呼喊的声浪由扭打的两人出发，膨胀，膨胀到周围各种人的口里："你听我说……""把他们拉开……""这样挡着路……瞧腿要紧。"嘈杂声中还有人叉着手远远的喊，"打得好呀，好拳头！"

喜燕堂正厅里挂着金喜字红幛，几对喜联，新娘正在服从号令，连连的深深的鞠躬。外边的喧吵使周围客人的头同时向外面转，似乎打听外面喧吵的原故。新娘本来就是一阵阵的心跳，此刻更加失掉了均衡；一下子撞上，一下子沉下，手里抱着的鲜花随着只是打颤。雷响深入她耳朵里，心房里……

"新郎新妇——三鞠躬"——"……三鞠躬。"阿淑在迷惘里弯腰伸直，伸直弯腰。昨晚上她哭，她妈也哭，将一串经验上得来的教训，拿出来赠给她——什么对老人要忍耐点，对小的要和气，什么事都要让着点——好像生活就是靠容忍和让步支持着！

她焦心的不是在公婆妯娌间的委曲求全。这几年对婚姻问题谁都讨论得热闹，她就不懂那些讨论的道理遇到实际时怎么就不发生关系。她这结婚的实际，并没有因为她多留心报纸上，新文学上，所讨论的婚姻问题，家庭问题，恋爱问题，而减少了问题。

"二十五岁了……"有人问到阿淑的岁数时，她妈总是发愁似的轻轻地回答那问她的人，底下说不清是叹息是啰嗦。

在这旧式家庭里，阿淑算是已经超出应该结婚的年龄很多了，她知道。父母那急着要她出嫁的神情使她太难堪！他们天天在替他选择合适的人家——其实哪里是选择！反对她尽管反对，那只是消极的无奈何的抵抗，她自己明知道是绝对没有机会选择，乃至于接触比较合适，理想的人物！她挣扎了三年，三年的时间不算短，在她父亲看去那更是不可信的长久……

“余家又托人来提了，你和阿淑商量商量吧，我这身体眼见得更糟，这潮湿天……”父亲的话常常说得很响，故意要她听得见，有时在饭桌上脾气或许更坏一点。“这六十块钱，养活这一大家子！养儿养女都不够，还要捐什么钱？干脆饿死！”有时更直接更难堪，“这又是谁的新褂子？阿淑，你别学时髦穿了到处走，那是找不着婆婆家的——外面瞎认识什么朋友我可不答应，我们不是那种人家！”……懦弱的母亲低着头装作缝衣，“妈劝你将就点……爹身体近来不好，……女儿不能在娘家一辈子的……这家子不算坏；差事不错，前妻没有孩子不能算填房。……”

理论和实际似乎永不发生关系；理论说婚姻得怎样又怎样，今天阿淑都记不得那许多了。实际呢，只要她点一次头，让一个陌生的，异姓的，异性的人坐在她家里，乃至于她旁边，吃一顿饭的手续，父亲和母亲这两三年——竟许已是五六年——来的难题便突然的，在他们是觉得极文明的解决了。

对于阿淑这订婚的疑惧，常使她父亲像小孩子似的自己安慰自己：阿淑这门亲事真是运气呀，说时总希望阿淑听见这话。不知怎样，阿淑听到这话总很可怜父亲，想装出高兴样子来安慰他。母亲更可怜；自从阿淑订婚以来总似乎对她抱歉，常常哑着嗓子说："看我做母亲的这份心上面。"

看做母亲的那份心上面！那天她初次见到那陌生的，异姓的，异性的人，那个庸俗的典型触碎她那一点脆弱的爱美的希望，她怔住了。能去寻死，为婚姻失望而自杀么？可以大胆告诉父亲，这婚约是不可能的么？能逃脱这家庭的苛刑（在爱的招牌下的）去冒险，去漂落么？

她没有勇气说什么，她哭了一会儿，妈也流了眼泪，后来妈说：阿淑你这几天瘦了，别哭了，做娘的也只是一份心。……现在一鞠躬，一鞠躬的和幸福作别，事情已经太晚得没有办法了。

吵闹的声浪愈加明显了一阵，伴娘为新娘戴上戒指，又由赞礼的喊了一些命令。

迷离中阿淑开始幻想那外面吵闹的原因：洋车夫打电

车吧，汽车轧伤了人吧，学生又请愿，当局派军警弹压吧……但是阿淑想怎么我还如是焦急，现在我该像死人一样了，生活的波澜该沾不上我了，像已经临刑的人。但临刑也好，被迫结婚也好，在电影里到了这种无可奈何的时候总有一个意料不到快慰人心的解脱，不合法，特赦，恋人骑着马星夜奔波的赶到……但谁是她的恋人？除却九哥！学政治法律，讲究新思想的九哥，得着他表妹阿淑结婚的消息不知怎样？他恨由父母把持的婚姻……但谁知道他关心么？他们多少年不来往了，虽然在山东住的时候，他们曾经邻居，两小无猜的整天在一起玩。幻想是不中用的，九哥先就不在北平，两年前他回来过一次，她记得自己遇到九哥扶着一位漂亮的女同学在书店前边，她躲过了九哥的视线，惭愧自己一身不入时的装束，她不愿和九哥的女友作个太难堪的比较。

感到手酸，心酸，浑身打颤，阿淑由一堆人拥簇着退到里面房间休息。女客们在新娘前后彼此寒暄招呼，彼此注意大家的装扮。有几个很不客气在批评新娘子，显然认为不满意。“新娘太单薄点。”一个摺着十几层下颏的胖女人，摇着扇和旁边的六姨说话。阿淑觉到她自己真可以立刻碰得粉碎；这位胖太太像一座石臼，六姨则像一根铁杵横在前面，阿淑两手发抖拉紧了一块丝巾，听老妈在她头上不住的搬弄那几朵绒花。

随着花露水香味进屋子来的，是锡娇和丽丽，六姨的两个女儿，她们的装扮已经招了许多羡慕的眼光。有电影明星细眉的锡娇抓把瓜子嗑着，猩红的嘴唇里露出雪白的牙齿。她暗中扯了她妹妹的衣襟，嘴向一个客人的侧面努了一下。丽丽立刻笑红了脸，拿出一条丝绸手绢蒙住嘴挤出人堆到廊上走，望着已经在席上的男客们。有几个已经提起筷子高高兴兴的在选择肥美的鸡肉，一面讲着笑话，顿时都为着丽丽的笑声，转过脸来，镇住眼看她。丽丽扭一下腰，又摆了一下，软的长衫轻轻展开，露出裹着肉色丝袜的长腿走过另一边去。

年轻的茶房穿着蓝布大褂，肩搭一块桌布，由厨房里出来，两只手拿四碟冷荤，几乎撞住丽丽。闻到花露香味，茶房忘却顾忌的斜过眼看。昨晚他上菜的时候，那唱戏的云娟坐在首席曾对着他笑，两只水钻耳坠，打秋千似的左右晃。他最忘不了云娟旁座的张四爷，抓住她如玉的手臂劝干杯的情形。笑眯眯的带醉的眼，云娟明明是向着正端着大碗三鲜汤的他笑。他记得放平了大碗，心还怦怦的跳。直到晚上他睡不着，躺在院里板凳上乘凉，随口唱几声“孤王……酒醉……”才算松动了些。今天又是这么一个笑嘻嘻的小姐，穿着这一身软，茶房垂下头去拿酒壶，心底似乎恨谁似的一股气。

“逸九，你喝一杯什么？”老卢做东这样问。

“我来一杯香桃冰其凌吧。”

“你去拣几块好点心，老孟。”主人又招呼那一个客。午饭问题算是如此解决了。为着天热，又为着起得太晚，老卢看到点心铺前面挂的“卫生冰其凌，咖啡，牛乳，各样点心”这种动人的招牌，便决意里面去消磨时光。约到逸九和老孟来聊天，老卢显然很满意了。

三个人之中，逸九最年少，最摩登。在中学时代就是一口英文，屋子里挂着不是“梨娜”就是“琴妮”的相片，从电影杂志里细心剪下来的，圆一张，方一张，满壁动人的娇憨。——他到上海去了两年，跳舞更是出色了，老卢端详着自己的脚，打算找逸九带他到舞场拜老师去。

“哪个电影好，今天下午？”老孟抓一张报纸看。

邻座上两个情人模样男女，对面坐着呆看。男人有很温和的脸，抽着烟没有说话；女人的侧相则颇有动人的轮廓，睫毛长长的活动着，脸上时时浮微笑。她的青纱长衫罩着丰润的肩臂，带着神秘性的淡雅。两人无声的吃着冰其凌，似乎对于一切完全的满足。

老卢、老孟谈着时局，老卢既是机关人员，时常免不了说“我又有个特别的消息，这样看来里面还有原因”，于是一层一层的做更详细原因的检讨，深深的浸入政治波澜里面。

逸九看着女人的睫毛，和浮起的笑涡，想到好几年前同在假山后捉迷藏的琼两条发辫，一个垂前，一个垂后的跳跃。琼已经死了这六七年，谁也没有再提起过她。今天这青长衫的女人，单单叫他心底涌起琼的影子。不可思议的，淡淡的，记忆描着活泼的琼。在极旧式的家庭里淘气，二舅舅提根旱烟管，厉声的出来停止她各种的嬉戏。但是琼只是敛住声音低低地笑。雨下大了，院中满是水，又是琼胆子大，把裤腿卷过膝盖，赤着脚，到水里装摸鱼。不小心她滑倒了，还是逸九去把她抱回来。和琼差不多大小的还有阿淑，住在对门，他们时常在一起玩，逸九忽然记起瘦小，不爱说话的阿淑来。

“听说阿淑快要结婚了，嬷嘱咐到表姨家问候，不知道阿淑要嫁给谁！”他似乎怕到表姨家。这几年的生疏叫他为难，前年他们遇见一次，装束不入时的阿淑倒有种特有的美，一种灵性……奇怪今天这青长衫女人为什么叫他想起这许多……

“逸九，你有相当的聪明，手腕，你又能巴结女人，你也应该来试试，我介绍你见老王。”

倦了的逸九忽然感到苦闷。

老卢手弹着桌边表示不高兴：“老孟你少说话，逸九这位大少爷说不定他倒愿意去演电影呢！”种种都有一点落伍的老卢嘲笑着翩翩年少的朋友出气。

青纱长衫的女人和她朋友吃完了，站了起来。男的手托着女人的臂腕，无声的绕过他们三人的茶桌前面，走出门去。老卢逸九注意到女人有秀美的腿，稳健的步履。两人的融洽，在不言不语中流露出来。

“他们是甜心！”

“愿有情人都成眷属。”

“这女人算好看不？”

三个人同时说出口来，各各有所感触。

午后的热，由窗口外嘘进来，三个朋友吃下许多清凉的东西，更不知做什么好。

“电影院去，咱们去研究一回什么‘人生问题’‘社会问题’吧？”逸九望着桌上的空杯，催促着卢、孟两个走。心里仍然浮着琼的影子。活泼，美丽，健硕，全幻灭在死的幕后，时间一样的向前，计量着死的实在。像今天这样，偶尔的回忆就算是证实琼有过活泼生命的唯一的证据。

东安市场门口洋车像放大的蚂蚁一串，头尾衔接着放在街沿。杨三已不在他寻常停车的地方。

“区里去，好，区里去！咱们到区里说个理去！”就是这样，王康和杨三到底结束了殴打，被两个巡警弹压下来。

刘太太打着油纸伞，端正的坐在洋车上，想金裁缝太不小心了，今天这件绸衫下摆仍然不合适，领也太小，紧得透不了气，想不到今天这样热，早知道还不如穿纱的去。裁缝赶做的活总要出点毛病。实甫现在脾气更坏一点，老嫌女人们麻烦。每次有个应酬你总要听他说一顿的。今天张老太太做整寿，又不比得寻常的场面可以随便……

对面来了浅蓝色衣服的年轻小姐，极时髦的装束使刘太太睁大了眼注意了。

“刘太太哪里去？”蓝衣小姐笑了笑，远远招呼她一声过去了。

“人家的衣服怎么如此合适！”刘太太不耐烦的举着花纸伞。

“呜呜——呜呜……”汽车的喇叭响得震耳。

“打住。”洋车夫紧抓车把，缩住车身前冲的趋势。汽车过去后，由刘太太车旁走出一个巡警，带着两个粗人；一根白绳由一个的臂膀系到另一个的臂上。巡警执着绳端，板着脸走着。一个粗人显然是车夫；手里仍然拉着空车，嘴里咕噜着。很讲究的车身，各件白铜都擦得放亮，后面铜牌上还镌着“卢”字。这又是谁家的车夫，闹出事让巡警拉走。刘太太恨恨的一想车夫们爱肇事的可恶，反正他们到区里去少不了东家设法把他们保出来的……

“靠里！……靠里！”威风的刘家车夫是不耐烦挤在别人车后的——老爷是局长，太太此刻出去阔绰的应酬，洋车又是新打的，两盏灯发出银光……哗啦一下，靠手板在另一个车边擦一下，车已猛冲到前头走了。刘太太的花油纸伞在日光中摇摇荡荡的迎着风，顺着街心溜向北去。

胡同口酸梅汤摊边刚走开了三个挑夫。酸凉的一杯水，短时间的给他们愉快，六只泥泞的脚仍然踏着滚烫的马路行去。卖酸梅汤的老头儿手里正数着几十枚铜元，一把小鸡毛帚夹在腋下。他翻上两颗黯淡的眼珠，看看过去的花纸伞，知道这是到张家去的客人。他想今天为着张家做寿，客人多，他们的车夫少不得来摊上喝点凉的解渴。

“两吊……三吊！……”他动着他的手指，把一叠铜元收入摊边美人牌香烟的纸盒中。不知道今天这冰够不够使用的，他翻开几重荷叶，和一块灰黑色的破布，仍然用着他黯淡的眼珠向磁缸里的冰块端详了一回。“天不热，喝的人少，天热了，冰又化的太快！”事情哪一件不有为难的地方，他叹口气再翻眼看看过去的汽车。汽车轧起一阵尘土，笼罩着老人和他的摊子。

寒暑表中的水银从早起上升，一直过了九十五度的黑线上。喜棚底下比较荫凉的一片地面上曾聚过各种各色的人物。丁大夫也是其间一个。

丁大夫是张老太太内侄孙，德国学医刚回来不久，麻俐，漂亮，现在社会上已经有了声望，和他同席的都借着他是医生的缘故，拿北平市卫生问题作谈料，什么虎疫，伤寒，预防针，微菌，全在吞咽八宝东瓜，瓦块鱼，锅贴鸡，炒虾仁中间讨论过。

“贵医院有预防针，是好极了。我们过几天要来麻烦请教了。”说话的以为如果微菌听到他有打预防针的决心也皆气馁了。

“欢迎，欢迎。”

厨房送上一碗凉菜。丁大夫踌躇之后决意放弃吃这碗菜的权利。

小孩们都抢了盘子边上放的小冰块，含到嘴里嚼着玩，其他客喜欢这凉菜的也就不少。天实在热！

张家几位少奶奶装扮得非常得体，头上都戴朵红花，表示对旧礼教习尚仍然相当遵守的。在院子中盘旋着做主人，各人心里都明白自己今天的体面。好几个星期前就顾虑到的今天，她们所理想到的今天各种成功，已然顺序的，在眼前实现。虽然为着这重要的今天，各人都轮流着觉得受过委屈；生过气；用过心思和手腕；将就过许多不如意的细节。

老太太颤巍巍的喘息着，继续维持着她的寿命。杂乱模糊的回忆在脑子里浮沉。兰兰七岁的那年……送阿旭到上海医病的那年真热……生四宝的时候在湖南，于是生育，病痛，兵乱，行旅，婚娶，没秩序，没规则的纷纷在她记忆下掀动。

“我给老太太拜寿，您给回一声吧。”

这又是谁的声音？这样大！老太太睁开打瞌睡的眼，看一个浓装的妇人对她鞠躬问好。刘太太——谁又是刘太太，真是的！今天客人太多了，好吃劲。老太太扶着赵妈站起来还礼。

“别客气了，外边坐吧。”二少奶伴着客人出去。

谁又是这刘太太……谁？……老太太模模糊糊的又做了一些猜想，望着门槛又堕入各种的回忆里去。

坐在门槛上的小丫头寿儿，看着院里石榴花出神。她巴不得酒席可以快点开完，底下人们可以吃中饭，她肚子里实在饿得慌。一早眼睛所接触的，大部分几乎全是可口的食品，但是她仍然是饿着肚子，坐在老太太门槛上等候呼唤。她极想再到前院去看看热闹，但为想到上次被打的情形，只得竭力忍耐。在饥饿中，有一桩事她仍然没有忘掉她的高兴。因为老太太的整寿大少奶给她一副银镯。虽然为着捶背而酸乏的手臂懒得转动，她仍不时得意的举起手来，晃摇着她的新镯子。

午后的太阳斜到东廊上，后院子暂时沉睡在静寂中。幼兰在书房里和羽哭着闹脾气：

“你们都欺侮我，上次赛球我就没有去看。为什么要去？反正人家也不欢迎我……慧石不肯说，可是我知道你和阿玲在一起玩得上劲。”抽噎的声音微微的由廊上传来。

“等会客人进来了不好看……别哭……你听我说……绝对没有这么回事的。咱们是亲表谁不知道我们亲热，你是我的兰，永远，永远的是我的最爱最爱的……你信我……”

“你在哄骗我，我……我永远不会再信你的了……”

“你又来伤我，你心狠……”

声音微下去，也和缓了许多，又过了一些时候，才有轻轻的笑语声。小丫头仍然饿得慌，仍然坐在门槛上没有敢动，她听着小外孙小姐和羽孙少爷老是吵嘴，哭哭啼啼的，她不懂。一会儿他们又笑着一块儿由书房里出来。

“我到婆婆的里间洗个脸去。寿儿你给我打盆洗脸水去。”

寿儿得着打水的命令，高兴的站起来。什么事也比坐着等老太太睡醒都好一点。

"别忘了晚饭等我一桌吃。"羽说完大步的跑出去。

后院顿时又堕入闷热的静寂里；柳条的影子画上粉墙，太阳的红比得胭脂。墙外天蓝蓝的没有一片云，像戏台上的布景。隐隐的送来小贩子叫卖的声音——卖西瓜的——卖凉席的，一阵一阵。

挑夫提起力气喊他孩子找他媳妇。天快要黑下来，媳妇还坐在门口纳鞋底子；赶着那一点天亮再做完一只。一个月她当家的要穿两双鞋子，有时还不够的，方才当家的回家来说不舒服，睡倒在炕上，这半天也没有醒。她放下鞋底又走到旁边一家小铺里买点生姜，说几句话儿。

断续着呻吟，挑夫开始感到苦痛，不该喝那冰凉东西，早知道这大暑天，还不如喝口热茶！迷惘中他看到茶碗，茶缸，施茶的人家，碗，碟，果子杂乱的绕着大圆篓，他又像看到张家的厨房。不到一刻他肚子里像纠麻绳一般痛，发狂的呕吐使他沉入严重的症候里和死搏斗。

挑夫媳妇失了主意，喊孩子出去到药铺求点药。那边时常夏天是施暑药的……

邻居积渐知道挑夫家里出了事，看过报纸的说许是霍乱，要扎针的。张秃子认得大街东头的西医丁家，他披上小褂子，一边扣钮子，一边跑。丁大夫的门牌挂得高高的，新漆大门两扇紧闭着。张秃子找着电铃死命的按，又在门缝里张望了好一会，才有人出来开门。什么事？什么事？门房望着张秃子生气，张秃子看着丁宅的门房说，“劳驾——劳驾您大爷，我们‘街坊’李挑子中了暑，托我来行点药。”

“丁大夫和管药房先生‘出份子去了’没有在家，这里也没有旁人，这事谁又懂得？！”门房吞吞吐吐的说，“还是到对门益年堂打听吧。”大门已经差不多关上。

张秃子又跑了，跑到益年堂，听说一个孩子拿了暑药已经走了。张秃子是信教的，他相信外国医院的药，他又跑到那边医院里打听，等了半天，说那里不是施医院，并且也不收传染病的，医生晚上也都回家了，助手没有得上边话不能随便走开的。

“最好快报告区里，找卫生局里人。”管事的告诉他，但是卫生局又在哪里……

到张秃子失望的走回自己院子里的时候，天已经黑了下来，他听见李大嫂的哭声知道事情不行了。院里磁罐子里还放出浓馥的药味。他顿一下脚，“咱们这命苦的……”他已在想如何去捐募点钱，收殓他朋友的尸体。叫孝子挨家去磕头吧！

天黑了下来张宅跨院里更热闹，水月灯底下围着许多孩子，看变戏法的由袍子里捧出一大缸金鱼，一盘子“王母蟠桃”献到老太太面前。孩子们都凑上去验看金鱼的真假。老太太高兴的笑。

大爷熟识捧场过的名伶自动的要送戏，正院前边搭着戏台，当差的忙着拦阻外面杂人往里挤，大爷由上海回来，两年中还是第一次——这次碍着母亲整寿的面，不回来太难为情。这几天行市不稳定，工人们听说很活动，本来就不放心走开，并且厂里的老赵靠不住，大爷最记挂。……

看到院里戏台上正开场，又看廊上的灯，听听厢房各处传来的牌声，风扇声，开汽水声，大爷知道一切都圆满的进行，明天事完了，他就可以走了。

“伯伯上哪儿去？”游廊对面走出一个清秀的女孩。他怔住了看，慧石——是他兄弟的女儿，已经长的这么大了？大爷伤感着，看他早死兄弟的遗腹女儿；她长得实在像她爸爸……实在像她爸爸……

“慧石，是你。长得这样俊，伯伯快认不得了。”

慧石只是笑，笑。大伯伯还会说笑话，她觉得太料想不到的事，同时她像被电击一样，触到伯伯眼里蕴住的怜爱，一股心酸抓紧了她的嗓子。

她仍只是笑。

“哪一年毕业？”大伯伯问她。

“明年。”

“毕业了到伯伯那里住。”

“好极了。”

“喜欢上海不？”

她摇摇头：“没有北平好。可是可以找事做，倒不错。”

伯伯走了，容易伤感的慧石急忙回到卧室里，想哭一哭，但眼睛湿了几回，也就不哭了，又在镜子前抹点粉笑了笑；她喜欢伯伯对她那和蔼态度。嬷常常不满伯伯和伯母的，常说些不高兴他们的话，但她自己却总觉得喜欢这伯伯的。

也许是骨肉关系有种不可思议的亲热，也许是因为感激知己的心，慧石知道她更喜欢她这伯伯了。

厢房里电话铃响。

“丁宅呀，找丁大夫说话？等一等。”

丁大夫的手气不坏，刚和了一牌三翻，他得意的站起来接电话：

“知道了，知道了，回头就去叫他派车到张宅来接。什么？要暑药的？发痧中暑？叫他到平济医院去吧。”

“天实在热，今天，中暑的一定不少。”五少奶坐在牌桌上抽烟，等丁大夫打电话回来。“下午两点的时候刚刚九十九度啦！”她睁大了眼表示严重。

“往年没有这么热，九十九度的天气在北平真可以的了。”一个客人摇了摇檀香扇，急着想做庄。

咯突一声，丁大夫将电话挂上。

报馆到这时候积渐热闹，排字工人流着汗在机器房里忙着。编辑坐到公事桌上面批阅新闻。本市新闻由各区里送到；编辑略略将张宅名伶送戏一节细细看了看，想到方才同太太在市场吃冰其凌后，遇到街上的打架，又看看那段斯打的新闻，于是很自然的写着“西四牌楼三条胡同卢宅车夫杨三……”新闻里将杨三王康的争斗形容得非常动听，一直到了“扭区成讼”。

再看一些零碎，他不禁注意到挑夫霍乱数小时毙命一节，感到白天去吃冰其凌是件不聪明的事。

杨三在热臭的拘留所里发愁，想着主人应该得到他出事的消息了，怎么还没有设法来保他出去。王康则在又一间房子里喂臭虫，苟且的睡觉。

“……哪儿呀，我卢宅呀，请王先生说话，……”老卢为着洋车被扣已经打了好几个电话了，在晚饭桌他听着太太的埋怨……那杨三真是太没有样子，准是又喝醉了，三天两回闹事。

“……对啦，找王先生有要紧事，出去饭局了么，回头请他给卢宅来个电话！别忘了！”

这大热晚上难道闷在家里听太太埋怨？杨三又没有回来，还得出去雇车，老卢不耐烦的躺在床上看报，一手抓起一把蒲扇赶开蚊子。

辑四 书信

1924年5月，林徽因、梁思成与泰戈尔在北京

致胡适

一九三二年一月一日

适之先生：

志摩刚刚离开我们，遗集事尚觉毫无头绪，为他的文件就有了些纠纷，真是不幸到万分，令人想着难过之极。

我觉得甚对不起您为我受了许多麻烦，又累了许多朋友也受了些许牵扰，更是不应该。

事情已经如此，现在只得听之，不过我求您相信我不是个多疑的人，这一桩事的蹊跷曲折，全在叔华一开头便不痛快——便说瞎话——所致。

我这方面的事情很简单：

（一）大半年前志摩和我谈到我们英国一段事，说到他的《康桥日记》仍存在，回硖石时可找出给我看。如果我肯要，他要给我，因为他知道我留有他当时的旧信，他觉得可收藏在一起。

注：整三年前，他北来时，他向我诉说他订婚结婚经过，讲到小曼看到他的“雪池时代日记”不高兴极了，把它烧了的话，当时也说过：不过我尚存下我的《康桥日记》。

（二）志摩死后，我对您说了这段话——还当着好几个人说的——在欧美同学会，奚若思成从渭南回来那天。

（三）十一月廿八日星期六晨，由您处拿到一堆日记簿（有满的一本，有几行的数本，皆中文，有小曼的两本，一大一小，后交叔华由您负责取回的），有两本英文日记，即所谓Cambridge（康桥，通译剑桥）日记者一本，乃从July 31 1921（一九二一年七月三十一日）起。次本从Dec.2nd（十二月二日）（同年）起始，至回国止者，又有一小本英文为志摩一九二五在意大利写的。此外几包晨副（指当时的《北平晨报》副刊）原稿，两包晨副零张杂纸，空本子小相片，两把扇面，零零星星纸片，住址本。

注：那天在您处仅留一小时，理诗刊稿子，无暇细看箱内零本，所以一起将箱带回细看，此箱内物是您放入的，我丝毫未动，我更知道此箱装的不是志摩平日原来的那些东西，而是在您将所有信件分人分类捡出后，单单将以上那些本子纸包子聚成这一箱的。

（四）由您处取出日记箱后约三四日或四五日听到奚若说：公超在叔华处看到志摩的《康桥日记》，叔华预备约公超共同为志摩作传的。

注：据公超后来告我，叔华是在十一月廿六日开会（讨论，悼志摩）的那一晚上约他去看日记的。

（五）追悼志摩的第二天（十二月七号）叔华来到我家

向我要点志摩给我的信，由她编辑，成一种《志摩信札》之类的东西，我告诉她旧信全在天津，百分之九十为英文，怕一时拿不出来，拿出来也不能印，我告诉她我拿到有好几本日记，并请她看一遍大概是些什么，并告诉她，当时您有要交给大雨（指孙大雨）的意思，我有点儿不赞成。您竟然将全堆“日记类的东西”都交我，我又 embarrassed（不好意思）却又不敢负您的那种 trust（信任）——您要我看一遍编个目录——所以我看东西绝对的 impersonal（非个人化的）带上历史考据眼光。Interesting only in（只有兴趣于）事实的辗进变化忘却谁是谁。

最后我向她要公超所看到的志摩日记——我自然作为她不会说“没有”的可能说法，公超既已看到。我说：听说你有志摩的康桥日记在你处，可否让我看看等等。她停了一停说可以。

我问她：“你处有几本？两本么？”

她说“两——本”，声音拖慢，说后极不高兴。

我问：“两本是一对么？”未待答，“是否与这两本（指我处《康桥日记》两本）相同的封皮？”

她含糊应了些话，似乎说“是！不是，说不清”等，“似乎一本是——”，现在我是绝对记不清这个答案（这句话待考）。因为当时问此话时，她的神色极不高兴，我大窘。

（六）我说要去她家取，她说她下午不在，我想同她回去，却未敢开口。

后约定星三（十二月九号）遣人到她处去取。

（七）星三九号晨十一时半，我自己去取，叔华不在家，留一信备给我的，信差带复我的。

此函您已看过，她说（原文）："昨归遍找志摩日记不得，后捡自己当年日记，乃知志摩交我乃三本：两小，一大，小者即在君处箱内，阅完放入的。大的一本（满写的）未阅完，想来在字画箱内（因友人物多，加意保全），因三四年中四方奔走，家中书物皆堆叠成山，甚少机缘重为整理，日间得闲当细捡一下，必可找出来阅。此两日内，人事烦扰，大约须此星期底才有空翻寻也。"

注：这一篇信内有几处瞎说不必开论，即是"阅完放入""未阅完"两句亦有语病，既说志摩交她三本日记，何未"阅完放入"君处箱内。可见非志摩支出，乃从箱内取出阅，而"阅完放入"，而有一本（？）未阅完而未放入。

此箱偏偏又是当日志摩曾寄存她处的一个箱子，曾被她私开过的。（此句话志摩曾亲语我。他自叔华老太太处取回箱时，亦大喊"我锁的，如何开了，这是我最要紧的文件箱，如何无锁，怪事——"又"太奇怪，许多东西不见了，missing（不见了），旁有思成，Lilian Tailor 及我三人。）

（八）我留字，请她务必找出借我一读。说那是个不幸事的留痕，我欲一读，想她可以原谅我。

（九）我觉得事情有些周折，气得通宵没有睡着，可是，我猜她推到“星期底”必是要抄留一份底子，故或需要时间（她许怕我以后不还她那日记）。我未想到她不给我。更想不到以后收到半册，而这半册日记正巧断在刚要遇到我的前一两日。

（十）十二月十四日（星一）

half a book with 128 Pages received（dated from Nov.17,1920 ended with sentence“it was badly planned.”)(收到半本共一百二十八页，始自一九二〇年十一月十七日，以“计划得很糟”一句告终)。叔华送到我家来，我不在家，她留了一个 note（便条）说“怕我急，赶早送来”的话。

（十一）事后知道里边有古（故）事，却也未胡猜，后奚若来说叔华跑到性仁家说她处有志摩日记（未说清几本）徽音要，她不想给（不愿意给）的话，又说小曼日记两本她拿去也不想还等等，大家都替我生气，觉得叔华这样，实在有些古怪。

（十二）我到底全盘说给公超听了（也说给您听了）。公超看了日记说，这本正是他那天（离十一月廿八日最近的那星期）看到了的，不过当时未注意底下是如何，是否只是半册未注意到，她告诉他是两本，而他看到的只是一本，但他告诉您（适之）“refuse to be quoted（我拒绝被引用）”，底下事不必再讲了。

二十一年元旦

致胡适

一九三二年一月一日晚上

适之先生：

下午写了一信，今附上寄呈，想历史家必不以我这种信为怪，我为人直爽性急，最恨人家小气曲折说瞎话。此次因为叔华瞎说，简直气糊涂了。

我要不是因为知道公超（叶公超）看到志摩日记，就不知道叔华处会有的。谁料过了多日，向她要借看时，她倒说“遍找不得”“在书画箱内多年未检”的话。真叫人不寒而栗！我从前不认得她，对她无感情，无理由的，没有看得起她过。后来因她嫁通伯，又有《送车》等作品，觉得也许我狗眼看低了人，始大大谦让真诚的招呼她，乃料不到她是这样一个人！真令人寒心。

志摩常说：“叔华这人小气极了。”我总说：“是么？小心点吧，别得罪了她。”

女人小气虽常有事，像她这种有相当学问知名的人也该学点大方才好。

现在无论日记是谁裁去的，当中一段缺了是事实，她没有坦白的说明以前，对那几句瞎话没有相当解释以前，她永有嫌疑的。（志摩自己不会撕的，小曼尚在可问。）

关于我想着那段日记，想也是女人小气处或好奇处多事处，不过这心里太 human（人情）了，我也不觉得惭愧。

实说，我也不会以诗人的美谀为荣，也不会以被人恋爱为辱。我永是“我”，被诗人恭维了也不会增美增能，有过一段不幸的曲折的旧历史也没有什么可羞惭。（我只是要读读那日记，给我是种满足，好奇心满足，回味这古怪的世事，纪念老朋友而已。）

我觉得这桩事人事方面看来真不幸，精神方面看来这桩事或为造成志摩为诗人的原因，而也给我不少人格上知识上磨练修养的帮助，志摩 in a way（从某方面）不悔他有这一段苦痛历史，我觉得我的一生至少没有太堕入凡俗的满足，也不算一桩坏事。志摩警醒了我，他变成一种 stimul a nt（激励）在我生命中，或恨，或怒，或 happy 或 sorry（或幸运的或遗憾的），或难过，或苦痛，我也不悔的，我也不 proud（得意、骄傲）我自己的倔强，我也不惭愧。

我的教育是旧的，我变不出什么新的人来，我只要“对得起”人——爹娘、丈夫（一个爱我的人，待我极好的人）、儿子、家族等等，后来更要对得起另一个爱我的人，我自己有时的心，我的性情便弄得十分为难。前几年不管对得起他不，倒容易——现在结果，也许我谁都没有对得起，您看多冤!

我自己也到了相当年纪，也没有什么成就，眼看得机会愈少——我是个兴奋 type accomplish things by sudden inspiration and master stroke（兴奋型，靠突来的灵感和神来之笔做事），不是能用功慢慢修炼的人。现在身体也不好，家常的负担也繁重，真是怕从此平庸处世，做妻生仔的过一世！我禁不住伤心起来。想到志摩今夏的 inspiring friendship and love（富于启迪性的友谊和爱）对于我，我难过极了。

这几天思念他得很，但是他如果活着，恐怕我待他仍不能改的。事实上太不可能。也许那就是我不够爱他的缘故，也就是我爱我现在的家在一切之上的确证。志摩也承认过这话。

徽音

二十年正月一日

注：民国二十年。此处系林徽因笔误，当为“二十一年”。

致胡适

一九三二年六月十四日

适之先生：

上次我上山以前，你到我们家里来，不凑巧我正出去，错过了，没有晤着，真可惜。你大忙中跑来我们家，使我疑心到你是有什么特别事情的，可是猜了半天都猜不出，如果真的有事，那就请你给我个信罢。

那一天我答应了胡太太代找房子，似乎对于香山房子还有一点把握，这两天打听的结果，多半是失望，请转达。但是这不是说香山绝对没有可住的地方，租的是说没有了，可借的却似乎还有很多。双清别墅听说已让守和夫妇暂借了，虽然是短期。

我的姑丈卓君庸的“自青榭”倒也不错，并且他是极欢迎人家借住的，如果愿意，很可以去接洽一下。去年刘子楷太太借住几星期，客人主人都高兴一场的。自青榭在玉泉山对门，虽是平地，却也别饶风趣，有池；有柳；有荷花鲜藕；有小山坡；有田陌；即是游卧佛寺，碧云寺，香山，骑驴洋车皆极方便。

谢谢送来独立周刊（《独立评论》，一九三二年五月创刊)。听说这刊出世已久，却尚未得一见，前日那一期还是初次见面。读杨金甫那篇东西颇多感触，志摩已别半载，对他的文集文稿一类的整理尚未有任何头绪，对他文字严格批评的文章也没有人认真做过一篇。国难期中大家没有心绪，沪战烈时更谈不到文章自是大原因，现在过时这么久，集中问题不容易了，奈何！

我今年入山已月余，触景伤怀，对于死友的悲念，几乎成个固定的咽梗牢结在喉间，生活则仍然照旧辗进，这不自然的缄默像个无形的十字架，我奇怪我不曾一次颠仆在那重量底下。

有时也还想说几句话，但是那些说话似乎为了它们命定的原因，绝不会诞生在语言上，虽然它们的幻灭是为了忠诚，不是为了虚伪，但是一样的我感到伤心，不可忍的苦闷。整日在悲思悲感中挣扎，是太没意思的颓废。先生你有什么通达的哲理赐给我没有？

新月的新组织听说已经正式完成，月刊在哪里印，下期预备哪一天付印，可否示之一二。“独立”容否小文字？有篇书评只怕太长些。(关于萧翁与爱莲戴莱通讯和戈登克雷写的他母亲的小传作对照的评论，我认为那两本东西是剧界极重要的 document(文件)，不能作浪漫通讯看待。)

思成又跑路去，这次又是一个宋初木建——在宝坻县——比蓟州独乐寺或能更早。这种工作在国内甚少人注意关心，我们单等他的测绘详图和报告印出来时吓日本鬼子一下痛快：省得他们目中无人以为中国好欺侮。

天气好得很，有空千万上山玩一次，包管你欢喜不觉得白跑。

徽音

香山 六月十四日

致沈从文

一九三四年二月二十七日

二哥：

世间事有你想不到的那么古怪，你的信来的时候正遇到我双手托着头在自恨自伤的一片苦楚的情绪中熬着。在廿四个钟头中，我前前后后，理智的，客观的，把许多纠纷痛苦和挣扎或希望或颓废的细目通通看过好几遍，一方面展开事实观察，一方面分析自己的性格情绪历史，别人的性格情绪历史，两人或两人以上互相的生活、情绪和历史，我只感到一种悲哀、失望，对自己对生活全都失望无兴趣。我觉到像我这样的人应该死去；减少自己及别人的痛苦！这或是暂时的一种情绪，一会儿希望会好。

在这样的消极悲伤的情景下，接到你的信，理智上，我虽然同情你所告诉我你的苦痛（情绪的紧张），在情感上我却很羡慕你那么积极那么热烈，那么丰富的情绪，至少此刻同我的比，我的显然萧条颓废消极无用。你的是在情感的尖锐上奔进！

可是此刻我们有个共同的烦恼，那便是可惜时间和精力，因为情绪的盘旋而耗废去。

你希望抓住理性的自己，或许找个聪明的人帮忙你整理一下你的苦恼或是“横溢的情感”，设法把它安排妥帖一点，你竟找到我来，我懂得的，我也常常被同种的纠纷弄得左不是右不是，生活掀在波澜里，盲目的同危险周旋，累得我既为旁人焦灼，又为自己操心，又同情于自己又很不愿意宽恕放任自己。

不过我同你有大不同处：凡是在横溢奔放的情感中时，我便觉得抓住一种生活的意义，即使这横溢奔放的情感所发生的行为上纠纷是快乐与苦辣对渗的性质，我也不难过不在乎。我认定了生活本身原质是矛盾的，我只要生活；体验到极端的愉快，灵质的，透明的，美丽的近于神话理想的快活，以下我情愿也随着赔偿这天赐的幸福，坑在悲痛，纠纷失望，无望，寂寞中捱过若干时候，好像等自己的血来在创伤上结痂一样！一切我都在无声中忍受，默默的等天来布置我，没有一句话说！（我且说说来给你做个参考。）

我所谓极端的，浪漫的或实际的都无关系，反正我的主义是要生活，没有情感的生活简直是死！生活必须体验丰富的情感，把自己变成丰富，宽大能优容，能了解，能同情种种“人性”，能懂得自己，不苛责自己，也不苛责旁人，不难自己以所不能，也不难别人所不能，更不怨运命或是上帝，看清了世界本是各种人性混合做成的纠纷，人性又就是那么一回事，脱不掉生理，心理，环境习惯先天特质的凑合！把道德放大了讲，别裁判或裁削自己。任性到损害旁人时如果你不忍，你就根本办不到任性的事。（如果你办得到，那你那种残忍，便是你自己性格里的一点特性，也用不着过分的去纠正。）想做的事太多并且互相冲突时，拣最想做——想做到顾不旁的牺牲——的事做，未做时心中发生纠纷是免不了的，做后最用不着后悔，因为你既会去做，那桩事便一定是不可免的，别尽着罪过自己。

· · ·

我方才所说到极端的愉快，灵质的，透明的，美丽的快乐，不知道你有否同一样感觉。我的确有过，我不忘却我的幸福。我以为最愉快的事都是一闪亮的，在一段较短的时间内迸出神奇的——如同两个人透彻的了解：一句话打到你心里，使得你理智和感情全觉到一万万分满足；如同相爱：在一个时候里，你同你自身以外另一个人互相以彼此存在为极端的幸福；如同恋爱，在那时那刻眼所见，耳所听，心所触无所不是美丽，情感如诗歌自然的流动，如花香那样不知其所以。这些种种便都是一生中不可多得的瑰宝。世界上没有多少人有那机会，且没有多少人有那种天赋的敏感和柔情来品尝那经验，所以就有那种机会也无用。如果有如诗剧神话般的实景，当时当事者本身却没有领会诗的情感又如何行？即使有了，只是浅俗的赏月折花的限量，那又有什么话说？！转过来说，对悲哀的敏感容量也是生活中可贵处。当时当事，你也许得流出血泪，过去后那些在你经验中也是不可鄙视的创痂。（此刻说说话，我倒暂时忘记了我昨天到今晚已整整哭了廿四小时，中间仅仅睡着三四个钟头，方才在过分的失望中颓废着觉到浪费去时间精力，很使自己感叹）。在夫妇中间为着相爱纠纷自然痛苦，不过那种痛苦也是夹着极端丰富的幸福在内的。冷漠不关心的夫妇结合才是真正的悲剧！

如果在“横溢情感”和“僵死麻木的无情感”中叫我来拣一个，我毫无问题要拣上面的一个，不管是为我自己或是为别人。人活着的意义基本的是在能体验情感。能体验情感还得有智慧有思想来分别了解那情感——自己的或别人的！如果再能表现你自己所体验所了解的种种在文字上——不管那算是宗教或哲学，诗，或是小说，或是社会学论文——（谁管那些）——使得别人也更得点人生意义，那或许就是所有的意义了——不管人文明到什么程度，天文地理科学的通到哪里去，这点人性还是一样的主要，一样的是人生的关键。

在一些微笑或皱眉印象上称较分量，在无边际人事上驰骋细想正是一种生活。

算了吧！二哥，别太虐待自己，有空来我这里，咱们再费点时间讨论讨论它，你还可以告诉我一点实在情形。我在廿四小时中只在想自己如何消极到如此田地苦到如此如此，而使我苦得想去死的那个人自己在去上海火车中也苦得要命，已经给我来了两封电报一封信，这不是“人性”的悲剧么？那个人便是说他最不喜管人性的梁二哥！

徽因

你一定得同老金（指金岳霖）谈谈，他真是能了解同时又极客观极同情极懂得人性，虽然他自己并不一定会提起他的历史。

致沈从文

一九三七年十一月九日至十日

二哥：

在黑暗中，在车站铁篷子底分别，很有种清凉味道，尤其是走的人没有找着车位，车上又没有灯，送的打着雨伞，天上落着很凄楚的雨，地下一块亮一块黑的反映着泥水洼，满车站的兵——开拔的到前线的，受伤开回到后方的！那晚上很代表我们这一向所过的日子的最黯淡的底层——这些日子表面上固然还留一点未曾全褪败的颜色。

这十天里长沙的雨更象征着一切霉湿，凄怆，惶惑的生活。那种永不开缝的阴霾封锁着上面的天，留下一串串继续又继续着檐漏般不痛快的雨，屋里人冻成更渺小无能的小动物，缩着脖子只在呆想中让时间赶到头里，拖着自己半蛰伏的灵魂。接到你第一封信后我又重新发热伤风过一次，这次很规矩的躺在床上发冷，或发热，日子清苦得无法设想，偏还老那么悬着，叫人着一种无可奈何的急。如果有天，天又有意旨，我真想他明白点告诉我一点事，好比说我这种人需要不需要活着，不需要的话，这种悬着日子也不都是侈奢？好比说一个非常有精神喜欢挣扎着生存的人，为什么需要肺病，如果是需要，许多希望着健康的想念在她也就很侈奢，是不是最好没有？死在长沙雨里，死得虽未免太冷点，往昆明跑，跑后的结果如果是一样，那又怎样？昨天我们夫妇算算到昆明往，现在要不就走，再去怕更要落雪落雨发生问题，就走的话，除却旅费，到了那边时身上一共剩下三百来元，万一学社经费不成功，带着那一点点钱，一家子老老小小流落在那里颇不妥当，最好得等基金方面一点消息。……

可是今天居然天晴，并且有大蓝天，大白云，顶美丽的太阳光！我坐在一张破藤椅上，破藤椅放在小破廊子上，旁边晒着棉被和雨鞋，人也就轻松一半，该想的事暂时不再想它，想想别的有趣的事：好比差不多二十年前，我独自坐在一间顶大的书房里看雨，那是英国的不断的雨。我爸爸到瑞士国联开会去，我能在楼上嗅到顶下层楼下厨房里炸牛腰子同洋咸肉，到晚上又是在顶大的饭厅里（点着一盏顶暗的灯）独自坐着（垂着两条不着地的腿同刚刚垂肩的发辫）一个人吃饭一面咬着手指头哭——闷到实在不能不哭！理想的我老希望着生活有点浪漫的发生，或是有个人叩下门走进来坐在我对面同我谈话，或是同我同坐在楼上炉边给我讲故事，最要紧的还是有个人要来爱我。我做着所有女孩做的梦。而实际上却只是天天落雨又落雨，我从不认识一个男朋友，从没有一个浪漫聪明的人走来同我玩——实际生活上所认识的人从没有一个像我所想象的浪漫人物，却还加上一大堆人事上的纷纠。

话说得太远了，方才说天又晴了，我却怎么又转到落雨上去？真糟！肚子有点饿，嗅不着炸牛腰子同咸肉更是无法再想英国或廿年前的事，国联或其他！

方才念到你的第二信，说起爸爸的演讲，当时他说的顶热闹，根本没有想到注意近在自己身边的女儿的日常一点点小小苦痛比那种演讲更能表示他真的懂得那些问题的重要。现在我自己已做了嬷嬷（妈妈），我不愿意在任何情形下把我的任何一角酸辛的经验来换他当时的一篇漂亮话，不管它有多少风趣！这也许是我比他诚实，也许是我比他缺一点幽默！

好久了，我没有写长信，写这么杂乱无系统的随笔信，今晚上写了这很多，谁知道我方才喝了些什么，此刻真是冷，屋子里谁都睡了，温度仅仅五十一度，也许这是原因！

明早再写关于沅陵及其他向昆明方面设想的信！

又接到另外一封信，关于沅陵我们可以想想，关于大举移民到昆明的事还是个大悬点挂在空里，看样子如果再没有计划就因无计划而在长沙留下来过冬，不过关于一切我仍然还须给你更具体的回信一封，此信今天暂时先拿去付邮而免你惦挂。

昨天张君劢老前辈来此，这人一切仍然极其“混沌”（我不叫它做天真）。天下事原来都是一些极没有意思的，我们理想着一些美妙的完美，结果只是处处悲观叹息着。我真佩服一些人仍然整天说着大话，自己支持着极不相干的自己，以至令别人想哭！

匆匆

徽因

十一月九日至十日

致沈从文

一九三八年春

二哥：

事情多得不可开交，情感方面虽然有很多新的积蓄，一时也不能够去清理（这年头也不是清理情感的时候）。昆明的到达既在离开长沙三十九天之后，其间的故事也就很有可纪念的。我们的日子至今尚似走马灯的旋转，虽然昆明的白云悠闲疏散在蓝天里。现在生活的压迫似乎比从前更有分量了。我问我自己三十年底下都剩一些什么，假使机会好点我有什么样的一句话说出来，或是什么样事好做，这种问题在这时候问，似乎更没有回答——我相信我已是一整个的失败，再用不着自己过分的操心——所以朋友方面也就无话可说——现在多半的人都最惦挂我的身体。一个机构多方面受过损伤的身体实在用不着惦挂，我看黔滇间公路上所用的车辆颇感到一点同情，在中国做人同在中国坐车子一样，都要承受那种的待遇，磨到焦头烂额，照样有人把你拉过来推过去爬着长长的山坡，你若使懂事多了，挣扎一下，也就不见得不会喘着气爬山过岭，到了你最后的一个时候。

不，我这比喻打得不好，它给你的印象好像是说我整日里在忙着服务，有许多艰难的工作做，其实，那又不然，虽然思成与我整天宣言我们愿意义务的替政府或其他公共机关效力，到了如今人家还是不找我们做正经事，现在所忙的仅是一些零碎的私人所委托的杂务，这种私人相委的事如果他们肯给我们一点实际的酬报，我们生活可以稍稍安定，挪点时候做些其它有价值的事也好，偏又不然，所以我仍然得另想别的办法付昆明的高价房租，结果是又接受了教书生涯，一星期来往爬四次山坡走老远的路，到云大去教六点钟的补习英文。上月净得四十余元法币，而一方面为一种我们最不可少的皮尺昨天花了二十三元买来！

到如今我还不大明白我们来到昆明是做生意，是“走江湖”还是做“社会性的骗子”——因为梁家老太爷的名分，人家常抬举这对愚夫妇，所以我们是常常有些阔绰的应酬需要我们笑脸的应付——这样说来好像是牢骚，其实也不尽然，事实上就是情感良心均不得均衡！前昨同航空毕业班的几个学生谈，我几乎要哭起来，这些青年叫我一百分的感激同情，一方面我们这租来的屋子墙上还挂着那位主席将军的相片，看一眼，话就多了——现在不讲——天天早上那些热血的人在我们上空练习速度，驱逐和格斗，底下芸芸众生吃喝得仍然有些讲究。思成不能酒我不能牌，两人都不能烟，在做人方面已经是十分惭愧！现在昆明人材济济，那一方面人都有。云南的权贵，香港的服装，南京的风度，大中华民国的洋钱，把生活描画得十三分对不起那些在天上冒险的青年，其他更不用说了。现在我们所认识的穷愁朋友已来了许多，同感者自然甚多。

陇海全线的激战使我十分兴奋，那一带地方我比较熟习，整个心都像在那上面滚，有很多人似乎看那些新闻印象里只有一堆内地县名，根本不发生感应，我就奇怪！我真想在山西随军，做什么自己可不大知道！

二哥，我今天心绪不好，写出信来怕全是不好听的话，你原谅我，我要搁笔了。

这封信暂做一个赔罪的先锋，我当时也知道朋友们一定会记挂，不知怎么我偏不写信，好像是罚自己似的——一股坏脾气发作！

徽因

致张兆和

一九四九年一月三十日

卅七年末北平围城时从清华园寄城中。徽（林徽因）。交三姐（指张兆和）。

三小姐：

收到你的信，并且得知我们这次请二哥出来，的确也是你所赞同的，至为欣慰。这里的气氛与城里完全两样，生活极为安定愉快。一群老朋友仍然照样的打发日子，老邓（清华大学哲学系邓以蛰教授）、应铨（程应铨，时为清华大学建筑系讲师）等就天天看字画，而且人人都是乐观的，怀着希望的照样工作。二哥到此，至少可以减少大部分精神上的压迫。

他住在老金家里。早起八时半就同老金一起过我家吃早饭；饭后聊天半小时，他们又回去；老金仍照常伏案。

中午又来，饭后照例又聊半小时，各回去睡午觉。下午四时则到熟朋友家闲坐；吃吃茶或是（乃至）有点点心。六时又到我家，饭后聊到九时左右才散。这是我们这里三年来的时程，二哥来此加入，极为顺利。晚上我们为他预备了安眠药。由老金临睡时发给一粒。此外在睡前还强迫吃一杯牛奶，所以二哥的睡眠也渐渐的上了轨道了。（以上为梁思成所写，以下为林徽因所写。）

徽因续写：

二哥第一天来时精神的确紧张，当晚显然疲倦，但心绪却愈来愈开朗，第二天人更显愉快。但据说仍睡得不多，所以我又换了一种安眠药交给老金三粒（每晚代发一粒给二哥），且主张临睡喝热牛奶一杯。昨晚大家散的特别早。今早他来时精神极好，据说昨晚早睡，半夜“只醒一会儿”。说是昨夜的药比前夜的好，大约他是说实话不是哄我。看三天来的进步，请你放心他的一切。今晚或不再给药了，我们熟友中的谈话多半是可以解除他那些幻想的过虑的，尤以熙公（清华大学教授张奚若）的为最有力，所以在这方面他也同初来时不同了。近来因为我病老金又老在我们这边吃饭，所以我这里没有什么客人，他那边更少人去，清静之极。今午二哥大约到念生（罗念生）家午饭。噜噜嗦嗦写了这大篇，无非是把确实情形告诉你放心，“语无伦次”一点，别笑话。

这里这几天天晴日美，郊外适于郊游闲走，我们还要设法要二哥走路——那是最可使他休息脑子，而晚上容易睡着的办法，只不知他肯不肯，即问。

思成 徽因同上

您自己可也要多多休息才好，如果家中能托人，一家都来这边，就把金家给你们住，老金住我们书房也极方便。

致费慰梅、费正清

一九三七年十一月二十四日

最最亲爱的慰梅和家人：

你们现在一定在为我们担心，但请放心。就算事情变得对我们更糟糕，我们只能在很可怕的紧张黑夜和不乐观的现实中，采取放松的态度。事情变得越来越可怕的时候，我们要么把情况看得清楚明白，要么放松下来。我们不得不以这样或什么别样的面貌出现，对吗？现而今，我们总是会奋力活下。昨天，在日机对长沙的第一次空袭中，我们的住房就几乎被直接击中。炸弹就落在距我们的临时住房大门五十码的地方，在这所房子里我们住了三间。当时我们——外婆、两个孩子、思成和我都在家。两个孩子都在生病。轰炸机如期而至。（事先警报有些疏忽）……

没人知道我们怎么没有被炸成碎片。听到地狱般的断裂声和头两响稍远一点的爆炸，我们便往楼下奔，我们的房子随即四分五裂。全然出于本能，我们各抓起一个孩子就往楼梯下跑，可还没来得及下楼，离得最近的炸弹就炸了。它把我抛到空中，手里还抱着小弟，再把我摔倒地上，却没有受伤。同时房子开始轧轧乱响，那些到处都是玻璃的门窗、隔扇、屋顶、天花板，全都坍了下来，劈头盖脑地砸向我们。我们冲出旁门，来到黑烟滚滚的街上。（幸运的是墙壁没有崩塌）

……

当我们往联合大学的防空壕跑的时候，又一架轰炸机开始俯冲。我们停了下来，心想这一回是躲不掉了，我们宁愿靠拢一点，省得留下几个活的去承受那悲剧。这颗炸弹没有炸，落在我们正在跑去的街道那头。我们所有的东西——现在已经不多了——都是从玻璃碴中捡回来的。眼下我们在朋友那里到处借住。

……在空袭之前我们仍然常常聚餐，不在饭馆，而是在一个小炉子上欣赏我自己的手艺，在那三间小屋里我们实际上什么都做，而过去那是要占用整整一栋北总布胡同三号的。我们交换着许多怀旧的笑声和叹息，但总的说来我们的情绪还不错。每天晚上我们就去找那些旧日的“星期六朋友”，到处串门，想在那些妻儿们也来此共赴国难的人家中寻求一点家庭温暖。

……我们已经决定离开此处到云南去……我们的国家仍没有组织到可使我们对战争能够有所效力的程度，以致至今我们还只是“战争累赘”而已。既然如此，何不腾出地方，到更远的角落里去呢。有朝一日连那地方（指昆明）也会被轰炸的，但眼下也没有更好的地方可去了。

……

致以我全部的爱 菲丽丝

一九三七年十一月二十四日

注：此信系节选。抗日战争爆发后，1937 年 11 月梁家在南迁途中，暂住长沙。林徽因在该信中描述了他们当时的境况。

致费慰梅、费正清

一九三八年三月二日

最最亲爱的慰梅、正清及家中所有的亲人：

……我勉强向你讲述我们的境况，那是十二月八日早晨五点在长沙汽车站的事。从长沙到昆明，乘汽车本来只需七天到十天，但我们竟用了三十九天，多数时间是在极冷的天气下行进。一半时间是猜测或担心在荒野山间会不会遇到“苗族盗匪”，而我们坐的是用各种材料、也不知是什么年代生产的非常破旧的汽车。值得告诉你们两件最重要的事，在湖南省和贵州省交界的玉屏县旁边的晃县，我得了急性气管炎（这个病迅速地恶化为肺炎）。……我们只能在晃县停留十五天等汽车，当时所有的汽车都被派去运输在航空学校培训的学员。

……我们还在等待我这糟糕的不知缘故的肺炎（或闹不清是什么病）康复，有一两天体温甚至超过四十一度，后来的几天，也没有迹象能恢复到可以适应目前状况的地步。只是在我退烧之后两天，我们才继续逃难。

……我们在令人绝望的情况下又重新上路。每天凌晨一点，摸黑抢着把我们少得可怜的行李和我们自己塞进长途车，到早上十点这辆车终于出发时，已经挤上二十七名旅客。这是个没有窗子、没有点火器、样样都没有的玩意儿，喘着粗气、摇摇晃晃，连一段平路都爬不动，更不用说又陡又险的山路了。

……车在一座以土匪出没而著称的山顶出了故障！……又一次，奇迹般地，我们来到峭壁边上的一片房子，允许我们去过夜。无论怎样，我们又陷入了一次更糟糕的境遇。

此后，又有关于这些破车意外的抛锚、臭烘烘的小客栈等等的一个又一个插曲。间或面对壮丽的风景，使人比任何时候都更加心疼。玉带般的山涧、秋山的红叶和发白的茅草，飘动着的白云、古老的铁索桥、渡船，以及地道的像安顺那样的中国小城，这些我真想仔细地一桩桩地告诉你，可能的话，还要注上我自己情绪上的特殊反应……

爱你们的菲丽丝

一九三八年三月二日

致费慰梅、费正清

一九四〇年九月二十日

亲爱的慰梅和费正清：

读着你们八月份最后一封信使我热泪盈眶地再次认识到你们对我们所有这些人的不变的深情，这深情带有你们的人格特点，而我们，经过这么长久的沉默，又如此天各一方，真觉得自己配不上这份情意。种种痛苦、欢乐和回忆泉涌而来，哽在我的眼底、鼻间和喉头。那是一种欣慰的震撼，却把我撕裂，情不自禁地泪如雨下。我甚至不能像爱丽丝那样在自己的泪水里游泳。如果那里面有一股感伤的潮流泪水就会把我淹死。

我赶巧生病了，或者说由于多日在厨房里奋斗使我头疼如裂，只得卧床休息。老金把你们的信从城里带来给我，他不经意地把信在我面前晃了晃。天已经快黑了，我刚读了第一段，泪水就模糊了我的视线，我实在忍不住。我的反应是：慰梅仍然是那个“慰梅”。不管这意味着什么，我实在无法表达，只能傻子似的在我的枕头上哭成一团。老金这时走进已经暗下来的屋子，使事情更加叫人心烦意乱。他先是说些不相干的事，然后便说到那最让人绝望的问题——即必须立即做出决定，教育部已命令我们迁出云南，然后就谈到了我们尴尬的财政状况。我根本没有明白他在说些什么，直到说起他不知怎么有了一百美元，而这笔钱我们——梁家可以用等等。思成立即问他是不是因为写了一篇英文文章得到了这笔钱，他不承认。到此我已猜出了真相。他从来不善说谎或搞什么阴谋。我们很清楚你们两人能够为我们做什么。所以我立刻明白了这阴谋之所在。于是我禁不住像爱丽丝一样嚎啕大哭起来。既然如此，那你也就得听我讲讲我那辛酸的故事。

在我继续往下讲之前，你们得先明白两点。第一，也是最重要的，你和费正清首先绝对是少有的最亲近和最亲爱的那种人，第二，你们的礼物来得正是我们最最需要的时候，这使我们更加心情激动并特别特别感激。你们怎么会为我们想得这么周到。在大洋此岸的芸芸众生之中，作为受惠者我们觉得我们自己是多么微不足道。泪水不足以表达我此时的感受。我只因为无力表达所有积在心中使我窒息的感受而感到麻木和极度疲倦。如果有什么能向你们表达，那就是——无言。

读了你们最后的来信使我想，我最近给你们的信是不是无意中太无条理、太轻率了。如果是这样，请原谅我。我想不论告诉你们什么事都保持一种合理的欢乐语气，而我又并不是对什么事都那么乐观的，尽管有些事并不乏某些喜剧色彩，其结果可能就使得我的信有一种不协调的轻浮和无条理。现实往往太使人痛苦。不像我们亲爱的老金，以他具有特色、富有表现力的英语能力和丰富的幽默感，以及无论遇到什么事都能处变不惊的本领，总是在人意想不到的地方为朋友们保留着一片温暖的笑。我很怕如果放任自己这样写下去，这封信将会灾难性地变得又长又枯燥，塞满生硬的细节而无法解脱。

很难言简意赅地在一封信里向你们描述我们生活的情景。形势变化极快，情绪随之起伏。感情上我们并不特别关注什么，只不过随波逐流，同时为我们所珍惜，认为生活中所不可或缺的某些最好的东西感到朦胧的悲伤。这种感觉在这里是无价的和不可缺少的。在我们谈话时总是不经意地提到慰梅和费正清，并把他们放在显著的地位。

你们这封信来到时正是中秋节前一天，天气开始转冷，天空布满越来越多的秋天的泛光，景色迷人。空气中飘满野花香——久已忘却的无数最美好的感觉之一。每天早晨和黄昏，阳光从奇异的角度偷偷射进在这个充满混乱和灾难的无望的世界里，人们仍然意识到安静和美的那种痛苦的感觉之中。战争，特别是我们自己的这场战争，正在前所未有地阴森森地逼近我们，逼近我们的皮肉、心灵和神经。而现在却是节日，看来更像是对——逻辑——的一个讽刺（别让老金 [金岳霖是逻辑学教授] 看到这句话）。

老金无意中听到了这一句，正在他屋里格格地笑，说把这几个词放在一起毫无意义。不是我要争辩，逻辑这个词就应当常像别的词一样被用得轻松些，而不要像他那样，像个守财奴似的把它包起来。老金正在过他的暑假，所以上个月跟我们一起住在乡下。更准确地说，他是和其他西南联大的教授一样，在这个间隙中“无宿舍”。他们称之为“假期”，不用上课，却为马上要迁到四川去而苦恼、焦虑。

我们正在一个新建的农舍中安下家来。它位于昆明市东北八公里处一个小村边上，风景优美而没有军事目标。邻接一条长提，堤上长满如古画中的那种高大笔直的松树。我们的房子有三个大一点的房间，一间原则上归我用的厨房和一间空着的佣人房，因为不能保证这几个月都能用上佣人，尽管理论上我们还请得起，但事实上超过了我们的支付能力（每月七十美元左右）。这个春天，老金在我们房子的一边添盖了一间“耳房”。这样，整个北总布胡同集体就原封不动地搬到了这里，可天知道能维持多久。

出乎意料地，这所房子花了比原先告诉我们的高三倍的钱。用去我们刚刚够花的积蓄，使思成处在可笑的窘境之中（我想这种表达方式大概是对的）。在建房的最后阶段事情变得有些滑稽，虽然也让人兴奋。所有在我们旁边也盖了类似房子的朋友（指当时在龙头村自建这种土坯小房的还有原中央博物院考古学家李济、西南联大政治学教授钱端升等），高兴地互相指出各自特别啰嗦之处。我们的房子是最晚建成的，以致最后不得不为争取每一块木板、每一块砖，乃至我们需要的每根钉子。为了能够迁入这个甚至不足以“蔽风雨”——这是中国的经典定义，你们想必听过思成的讲演的——屋顶之下，我们得亲自帮忙运料，做木工和泥瓦匠。

无论如何，我们现在已经完全住进了这所新房子，有些方面它也颇有些美观和舒适之处。我们甚至有时候还挺喜欢它呢。但看来除非有慰梅和费正清来访，它总也不能算完满。因为它要求有真诚的朋友来赏识它真正的内在质量。我必须停笔了，将把其余的八页手写稿打出来。因为老金等着要把他给道丽的信寄走。我没有机会给她写信了，但我很想写。

向在美国，特别是在温丝罗普街（费慰梅和费正清在美国康州坎布里奇市住宅所在街名）的朋友们致以我最真诚的爱。等你下次来信时我也许已不在这所房子，甚至不在这个省里了，因为我们将乘硬座长途汽车去多山的贵州，再到四川。

爱你的 菲丽丝

一九四〇年九月二十日 昆明

致傅斯年

一九四二年十月五日

孟真先生：

接到要件一束，大吃一惊，开函拜读，则感与惭并，半天作奇异感！空言不能陈万一，雅不欲循俗进谢，但得书不报，意又未安。踌躇了许久仍是临书木讷，话不知从何说起！

今日里巷之士穷愁疾病，屯蹶颠沛者甚多。固为抗战生活之一部，独思成兄弟年来蒙你老兄种种帮忙，营救护理无所不至，一切医药未曾欠缺，在你方面固然是存天下之义，而无有所私，但在我们方面虽感到 lucky（幸运）终增愧悚，深觉抗战中未有贡献，自身先成朋友及社会上的累赘的可耻。

现在你又以成永兄弟危苦之情上闻介公（蒋介石），从细之事累及泳霓先生（翁文灏），为拟长文说明工作之优异，侈誉过实，必使动听，深知老兄苦心，但读后惭汗满背矣！

尤其是关于我的地方，一言之誉可使我疚心疾首，夙夜愁痛。日念平白吃了三十多年饭，始终是一张空头支票难得兑现。好容易盼到孩子稍大，可以全力工作几年，偏偏碰上大战，转入井臼柴米的阵地，五年大好光阴又失之交臂。近来更胶着于疾病处残之阶段，体衰智困，学问工作恐已无分，将来终负今日教勉之意，太难为情了。

素来厚惠可以言图报，惟受同情，则感奋之余反而缄默，此情想老兄伉俪皆能体谅，匆匆这几行，自然书不尽意。

思永已知此事否？思成平日谦谦怕见人，得电必苦不知所措。希望泳霓先生会将经过略告之，俾引见访谢时不至于茫然，此问

双安。

徽因 拜上

十月五日午后

致梁思成

一九五三年三月十二日

思成：

……

我现在正在由以养病为任务的一桩事上考验自己，要求胜利完成这个任务。在胃口方面和睡眠方面都已得到非常好的成绩，胃口可以得到九十分，睡眠八十分，现在最难的是气管，气管影响痰和呼吸又影响心跳甚为复杂，气管能进步一切进步最有把握，气管一坏，就全功尽废了。

我的工作现实限制在碑（当时正在设计中的人民英雄纪念碑）建会设计小组的问题，有时是把几个有限的人力拉在一起组织一下分配一下工作，技术方面讨论如云纹，如碑的顶部；有时是讨论应如何集体向上级反映一些具体意见作一两种重要建议，今天就是刚开了一次会，有阮邱莫吴梁（其中莫指莫宗江，吴指吴良镛）连我六人，前天已开过一次，拟了一信稿呈郑副主任和薛秘书长的，今天阮将所拟稿带来又修正了一次今晚抄出大家签名明天可发出（主要要求立即通知施工组停扎钢筋，美工合组事难定了，尚未开始，所以也趁此时再要求增加技术人员加强设计实力，反映我们对去掉大台认为对设计有利，可能将塑型改善，而减掉复杂性质的陈列室和厕所设备等等使碑的思想性明确单纯许多）。再冰小弟都曾回来，娘也好，一切勿念。信到时可能已过三月廿一日了。

天安门追悼会（注：指斯大林的追悼会）的情形已见报我不详写了。

昨李宗津（注：清华大学建筑系美术教授，油画家）由广西回来还不知道你到莫斯科呢。

徽因　三月十二日写完

致梁思成

一九五三年三月十七日

思成：

今天是十六日，此刻黄昏六时，电灯没有来，房很黑又不能看书做事，勉强写这封信已快看不见了。十二日发一信后仍然忙于碑的事。今天小吴老莫都到城中开会去，我只能等听他们的传达报告了。讨论内容为何，几方面情绪如何，决议了什么具体办法，现在也无法知道。昨天是星期天，老金不到十点钟就来了，刚进门再冰也回来，接着小弟来了，此外无他人，谈得正好，却又从无线电中传到捷克总统逝世的消息。这种消息来在那样沉痛的斯大林同志的殡仪之后，令人发愣发呆，不能相信不幸的事可以这样的连着发生。大家心境又黯然了……

中饭后老金小弟都走了。再冰留到下午六时，她又不在三月结婚了，想改到国庆，理由是于中干说他希望在广州举行。那边他们两人的熟人多，条件好，再冰可以玩一趟。这次他来，时间不够也没有充分心理准备，六月又太热。我是什么都赞成。反正孩子高兴就好。

我的身体方面吃得那么好，睡得也不错，而不见胖，还是爱气促和闹清痰打“呼噜出泡声”，血脉不好好循环冷热不正常等等，所以疗养还要彻底，病状比从前深点，新陈代谢作用太坏，恢复的现象极不显著，也实在慢，今天我本应该打电话问校医室血沉率和痰化验结果，今晚便可以报告，但因害怕结果不完满因而不爱去问！

学习方面可以报告的除了报上主要政治方章和理论文章外，我连着看了四本书都是小说式传记。都是英雄的真人真事……

还要和你谈什么呢？又已经到了晚饭的时候，该吃饭了，只好停下来。（下午一人甚闷时，关肇业来坐一会儿，很好。太闷着看书觉到晕昏。）（十六日晚写）

（十七日续）我最不放心的是你的健康问题，我想你的工作一定很重，你又容易疲倦，一边又吃 Rimifon（雷米封，一种防止结核病的药）不知是否更易累和困，我的心里总惦着，我希望你停Rimifon吧，已经满两个半月了。苏联冷，千万注意呼吸器官的病。

昨晚老莫回来报告，大约把大台（指人民英雄纪念碑的基座）改低是人人同意，至于具体草图什么时候可以画出并决定，是真真伤脑筋的事，尤其是碑顶仍然意见分歧。

徽因匆匆写完　三月十七午

辑五 文论

林徽因墓

北京——都市计划的无比杰作

中国人民的首都北京，是一个极年老的旧城，却又是一个极年轻的新城。北京曾经是封建帝王威风的中心，军阀和反动势力的堡垒，今天它却是初落成的，照耀全世界的民主灯塔。它曾经是没落到只能引起无限“思古幽情”的旧京，也曾经是忍受侵略者铁蹄践踏的沦陷城，现在它却是生气蓬勃地在迎接社会主义曙光中的新首都。它有丰富的政治历史意义，更要发展无限文化上的光辉。

构成整个北京的表面现象的是它的许多不同的建筑物，那显著而美丽的历史文物，艺术的表现：如北京雄劲的周围城墙，城门上嵯峋高大的城楼，围绕紫禁城的黄瓦红墙，御河的栏杆石桥，宫城上窈窕的角楼，宫廷内宏丽的宫殿，或是园苑中妩媚的廊庑亭榭，热闹的市心里牌楼店面，和那许多坛庙、塔寺、宅第、民居。它们是个别的建筑类型，也是个别的艺术杰作。每一类，每一座，都是过去劳动人民血汗创造的优美果实，给人以深刻的印象；今天这些都回到人民自己手里，我们对它们宝贵万分是理之当然。但是，最重要的还是这各种类型，各个或各组的建筑物的全部配合：它们与北京的全盘计划整个布局的关系；它们的位置和街道系统如何相辅相成；如何集中与分布；引直与对称；前后左右，高下起落，所组织起来的北京的全部部署的庄严秩序，怎样成为宏壮而又美丽的环境。北京是在全盘的处理上才完整的表现出伟大的中华民族建筑的传统手法和在都市计划方面的智慧与气魄。这整个的体形环境增强了我们对于伟大的祖先的景仰，对于中华民族文化的骄傲，对于祖国的热爱。北京对我们证明了我们的民族在适应自然，控制自然，改变自然的实践中有着多么光辉的成就。这样一个城市是一个举世无匹的杰作。

我们承继了这份宝贵的遗产，的确要仔细的了解它——它的发展的历史，过去的任务，同今天的价值。不但对于北京个别的文物，我们要加深认识，且要对这个部署的体系提高理解，在将来的建设发展中，我们才能保护固有的精华，才不至于使北京受到不可补偿的损失。并且也只有深入的认识和热爱北京独立的和谐的整体格调，才能掌握它原有的精神来作更辉煌的发展，为今天和明天服务。

北京城的特点是热爱北京的人们都大略知道的。我们就按着这些特点分述如下。

我们的祖先选择了这个地址

（注：本节的主要资料是根据燕京大学侯仁之教授在清华的讲演《北京的地理背景》写成的）

北京在位置上是一个杰出的选择。它在华北平原的最北头；处于两条约略平行的河流的中间，它的西面和北面是一弧线的山脉围抱着，东面南面则展开向着大平原。它为什么坐落在这个地点是有充足的地理条件的。选择这地址本身就是我们祖先同自然斗争的生活所得到的智慧。

北京的高度约为海拔五十公尺，地学家所研究的资料告诉我们，在它的东南面比它低下的地区，四五千年前还都是低洼的湖沼地带。所以历史家可以推测，由中国古代的文化中心的"中原"向北发展，势必沿着太行山麓这条五十公尺等高线的地带走。因为这一条路要跨渡许多河流，每次便必须在每条河流的适当的渡口上来往。当我们的祖先到达永定河的右岸时，经验使他们找到那一带最好的渡口。这地点正是我们现在的卢沟桥所在。渡过了这个渡口之后，正北有一支西山山脉向东伸出，挡住去路，往东走了十余公里这支山脉才消失到一片平原里。所以就在这里，西倚山麓，东向平原，一个农业的民族建立了一个最有利于发展的聚落，当然是适当而合理的。北京的位置就这样的产生了。并且也就在这里，他们有了更重要的发展，同北面的游牧民族开始接触，是可以由这北京的位置开始，分三条主要道路通到北面的山岳高原和东北面的辽东平原的。那三个口子就是南口、古北口和山海关。北京可以说是向着这三条路出发的分岔点，这也成了今天北京城主要构成原因之一。北京是河北平原旱路北行的终点，又是通向“塞外”高原的起点。我们的祖先选择了这地方，不但建立一个聚落，并且发展成中国古代边区的重点，完全是适应地理条件的活动。这地方经过世代的发展，在周朝为燕国的都邑，称做蓟；到了唐是幽州城，节度使的府衙所在；在五代和北宋是辽的南京，亦称做燕京；在南宋是金的中都。到了元朝，城的位置东移，建设一新，成为全国政治的中心，就成了今天北京的基础。最难得的是明清两代易朝换代的时候都未经太大的破坏就又在旧基础上修建展拓。随着条件发展，到了今天，城中每段街、每一个区域都有着丰富的历史和劳动人民血汗的成绩。有纪念价值的文物实在是太多了。

北京城近千年来的四次改建

一个城是不断的随着政治经济的变动而发展着改变着的，北京当然也非例外。但是在过去一千年中间，北京曾经有过四次大规模的发展，不单是动了土木工程，并且是移动了地址的大修建。对这些变动有个简单认识，对于北京城的布局形势便更觉得亲切。

现在北京最早的基础是唐朝的幽州城，它的中心在现在广安门外迤南一带。本为范阳节度使的驻地，安禄山和史思明向唐代政权进攻曾由此发动，所以当时是军事上重要的边城。后来刘仁恭父子割据称帝，把城中的“子城”改建成宫城的规模，有了宫殿。九三七年，北方民族的辽势力渐大，五代的石晋割了燕云等十六州给辽，辽人并不曾改动唐的幽州城，只加以修整，将它“升为南京”。这时的北京开始成为边疆上一个相当区域的政治中心了。

到了更北方的民族金人的侵入时，先灭辽，又攻败北宋，将宋的势力压缩到江南地区，自己便承袭辽的“南京”，以它为首都，起初金也没有改建旧城，一一五一年才大规模的将辽城扩大，增建宫殿，意识地模仿北宋汴梁的形制，按图兴修。他把宋东京汴梁（开封）的宫殿苑囿和真定（正定）的潭园木料拆卸北运，在此大大建设起来，称它做中都，这时的北京便成了半个中国的中心。当然，许多辉煌的建筑仍然是中都的劳动人民和技术匠人，承继着北宋工艺的宝贵传统，又创造出来的。在金人进攻掳夺“中原”的时候，“匠户”也是他们掳劫的对象，所以汴梁的许多匠人曾被迫随着金军到了北京，为金的统治阶级服务，金朝在北京曾不断的营建，规模宏大，最重要的还有当时的离宫，今天的中海北海。辽以后，金在旧城基础上扩充建设，便是北京第一次的大改建，但它的东面城墙还在现在的琉璃厂以西。

一二一五年元人破中都，中都的宫城同宋的东京一样遭到剧烈破坏，只有郊外的离宫大略完好。一二六〇年以后，元世祖忽必烈数次到金故中都，都没有进城而驻驿在离宫琼华岛上的宫殿里。这地方便成了今天北京的胚胎，因为到了一二六七年元代开始建城的时候，就以这离宫为核心建造了新首都。元大都的皇宫是围绕北海和中海而布置的，元代的北京城便围绕着这皇宫成一正方形。

这样，北京的位置由原来的地址向东北迁移了很多。这新城的西南角同旧城的东北角差不多接壤，这就是今天的宣武门迤西一带。虽然金城的北面在现在的宣武门内，当时元的新城最南一面却只到现在的东西长安街一线上，所以两城还隔着一个小距离。主要原因是当元建新城时，金的城墙还没有拆掉之故。元代这次新建设是非同小可的，城的全部是一个完整的布局。在制度上有许多仍是承袭中都的传统，只是规模更大了。如宫门楼观，宫墙角楼，护城河，御路，石桥，千步廊的制度，不但保留中部所有，且超过汴梁的规模。还有故意恢复一些古制的，如“左祖右社”的格式，以配合“前朝后市”的形势。

这一次新址发展的主要存在基础不仅是有天然湖沼的离宫和它优良的水源，还有极好的粮运的水道。什刹海曾是航运的终点，成了重要的市中心。当时的城是近乎正方形的，北面在今日北城墙外约二公里，当时的鼓楼便位置在全城的中心点上，在今什刹海北岸。因为船只可以在这一带停泊，钟鼓搂自然是那时热闹的商市中心。这虽是地理条件所形成，但一向许多人说到元代北京形制，总以这“前朝后市”为严格遵循古制的证据。元时建的尚是土城，没有砖面，东，西，南，每面三门；惟有北面只有两门，街道引直，部署井然。当时分全市为五十坊，鼓励官吏人民从旧城迁来。这便是辽以后北京第二次的大改建。它的中心宫城基本上就是今天北京的故宫与北海中海。

一三六八年明太祖朱元璋灭了元朝，次年就“缩城北五里”，筑了今天所见的北面城墙。原因显然是本来人口就稀疏的北城地区，到了这时，因航运滞塞，不能达到什刹海，因而更萧条不堪，而商业则因金的旧城东壁原有的基础渐在元城的南面郊外繁荣起来。元的北城内地址自多旷废无用，所以索性缩短五里了。

明成祖朱棣迁都北京后，因衙署不足，又没有地址兴修，一四一九年便将南面城墙向南展拓，由长安街线上移到现在的位置。南北两墙改建的工程使整个北京城约略向南移动四分之一，这完全是经济和政治的直接影响。且为了元的故宫已故意被破坏过，重建时就又做了若干修改。最重要的是因不满城中南北中轴线为什刹海所切断，将宫城中线向东移了约一百五十公尺，正阳门、钟鼓楼也随着东移，以取得由正阳门到鼓楼钟楼中轴线的贯通，同时又以景山横亘在皇宫北面如一道屏风。这个变动使景山中峰上的亭子成了全城南北的中心，替代了元朝的鼓楼的地位。这五十年间陆续完成的三次大工程便是北京在辽以后的第三次改建。这时的北京城就是今天北京的内城了。

在明中叶以后，东北的军事威胁逐渐强大，所以要在城的四面再筑一圈外城。原拟在北面利用元旧城，所以就决定内外城的距离照着原来北面所缩的五里。这时正阳门外已非常繁荣，西边宣武门外是金中都东门内外的热闹区域，东边崇文门外这时受航运终点的影响，工商业也发展起来。所以工程由南面开始，先筑南城。开工之后，发现费用太大，尤其是城墙由明代起始改用砖，较过去土墙所费更大，所以就改变计划，仅筑南城一面了。外城东西仅比内城宽出六七百公尺，便折而向北，止于内城西南东南两角上，即今西便门，东便门之处。这是在唐幽州基础上辽以后北京第四次的大改建。北京今天的凸字形状的城墙就这样在一五五三年完成的。假使这外城按原计划完成，则东面城墙将在二闸，西面差不多到了公主坟，现在的东岳庙，大钟寺，五塔寺，西郊公园，天宁寺，白云观便都要在外城之内了。

清朝承继了明朝的北京，虽然个别的建筑单位许多经过了重建，对整个布局体系则未改动，一直到了今天。民国以后，北市内虽然有不少的局部改建，尤其是道路系统，为适合近代使用，有了很多变更，但对于北京的全部规模则尚保存原来秩序，没有大的损害。

由那四次的大改建，我们认识到一个事实，就是城墙的存在也并不能阻碍城区某部分一定的发展，也不能防止某部分的衰落。全城各部分是随着政治，军事，经济的需要而有所兴废。北京过去在体形的发展上，没有被它的城墙限制过它必要的展拓和所展拓的方向，就是一个明证。

北京的水源——全城的生命线

从元建大都以来，北京城就有了一个问题，不断的需要完满解决，到了今天同样问题也仍然存在。那就是北京城的水源问题。这问题的解决与否在有铁路和自来水以前的时代里更严重的影响着北京的经济和全市居民的健康。

在有铁路以前，北京与南方的粮运完全靠运河。由北京到通州之间的通惠河一段，顺着西高东低的地势，须靠由西北来的水源。这水源还须供给什刹海、三海和护城河，否则它们立即枯竭，反成酝育病疫的水洼。水源可以说是北京的生命线。

北京近郊的玉泉山的泉源虽然是“天下第一”，但水量到底有限；供给池沼和饮料虽足够，但供给航运则不足了。辽金时代航运水道曾利用高梁河水，元初则大规模的重新计划。起初曾经引永定河水东行，但因夏季山洪暴发，控制困难，不久即放弃。当时的河渠故道在现在西郊新区之北，至今仍可辨认。废弃这条水道之后的计划是另找泉源。

于是便由昌平县神山泉引水南下，建造了一条的石渠，将水引到瓮山泊（昆明湖）再由一道石渠东引入城，先到什刹海，再流到通惠河。这两条石渠在西北郊都有残迹，城中由什刹海到二闸的南北河道就是现在南北河沿和御河桥一带。元时所引玉泉山的水是与由昌平南下经同昆明湖入城的水分流的。这条水名金水河，沿途严禁老百姓使用，专引入宫苑池沼，主要供皇室的饮水和栽花养鱼之用。金水河由宫中流到护城河，然后同昆明湖什刹海那一股水汇流入通惠河。元朝对水源计划之苦心，水道建设规模之大，后代都不能及。城内地下暗沟也是那时留下绝好的基础，经明增设，到现在还是最可贵的下水道系统。

明朝先都南京，昌平水渠破坏失修，竟然废掉不用。由昆明湖出来的水与由玉泉山出来的水也不两河分流，事实上水源完全靠玉泉山的水。因此水量顿减，航运当然不能入城。到了清初建设时，曾作补救计划，将西山碧云寺、卧佛寺同香山的泉水都加入利用，引到昆明湖，这段水渠又破坏失修后，北京水量一直感到干涩不足。解放之前若干年中，三海和护城河淤塞情形是愈来愈严重，人民健康曾大受影响。龙须沟的情况就是典型的例子。

一九五〇年，北京市人民政府大力疏浚北京河道，包括三海和什刹海，同时疏通各种沟渠，并在西直门外增凿深井，增加水源。这样大大的改善了北京的环境卫生，是北京水源史中又一次新的记录。现在我们还可以企待永定河上游水利工程，眼看着将来再努力沟通京津水道航运的事业。过去伟大的通惠运河仍可再用，是我们有利的发展基础。

北京的城市格式——中轴线的特征

如上文所曾讲到，北京城的凸字形平面是逐步发展而来。它在十六世纪中叶完成了现在的特殊形状。城内的全部布局则是由中国历代都市的传统制度，通过特殊的地理条件，和元明清三代政治经济实际情况而发展的具体形式。这个格式的形成，一方面是遵循或承袭过去的一般的制度，一方面又由于所尊崇的制度同自己的特殊条件相结合所产生出来的变化运用。北京的体形大部是由于实际用途而来，又曾经过艺术的处理而达到高度成功的。所以北京的总平面是经得起分析的。过去虽然曾很好的为封建时代服务，今天它仍然能很好地为新民主主义时代的生活服务，并还可以再作社会主义时代的都城，毫不阻碍一切有利的发展。它的累积的创造成绩是永远可以使我们骄傲的。

大略的说，凸字形的北京，北半是内城，南半是外城，故宫为内城核心，也是全城的布局重心，全城就是围绕这中心而部署的。但贯通这全部部署的是一根直线。一根长达八公里，全世界最长，也最伟大的南北中轴线穿过了全城。北京独有的壮美秩序就由这条中轴的建立而产生。前后起伏左右对称的体形或空间的分配都是以这中轴为依据的。气魄之雄伟就在这个南北引伸，一贯到底的规模。我们可以从外城最南的永定门说起，从这南端正门北行，在中轴线左右是天坛和先农坛两个约略对称的建筑群；经过长长一条市楼对列的大街，到达珠市口的十字街口之后，才面向着内城第一个重点——雄伟的正阳门楼。在门前百余公尺的地方，拦路一座大牌楼，一座大石桥，为这第一个重点做了前卫。但这还只是一个序幕。过了此点，从正阳门楼到中华门，由中华门到天安门，一起一伏、一伏而又起，这中间千步廊（民国初年已拆除）御路的长度，和天安门面前的宽度，是最大胆的空间的处理，衬托着建筑重点的安排。这个当时曾经为封建帝王据为己有的禁地，今天是多么恰当的回到人民手里，成为人民自己的广场！由天安门起，是一系列轻重不一的宫门和广庭，金色照耀的琉璃瓦顶，一层又一层的起伏峋峙，一直引导到太和殿顶，便到达中线前半的极点，然后向北，重点逐渐退削，以神武门为尾声。再往北，又“奇峰突起”的立着景山做了宫城背后的衬托。景山中峰上的亭子正在南北的中心点上。由此向北是一波又一波的远距离重点的呼应。由地安门，到鼓楼、钟楼，高大的建筑物都继续在中轴线上。但到了钟楼，中轴线便有计划地，也恰到好处地结束了。中线不再向北到达墙根，而将重点平稳地分配给左右分立的两个北面城楼——安定门和德胜门。有这样气魄的建筑总布局，以这样规模来处理空间，世界上就没有第二个！

在中线的东西两侧为北京主要街道的骨干；东西单牌楼和东西四牌楼是四个热闹商市的中心。在城的四周，在宫城的四角上，在内外城的四角和各城门上，立着十几个环卫的突出点。这些城门上的门楼，箭楼及角楼又增强了全城三度空间的抑扬顿挫和起伏高下。因北海和中海，什刹海的湖沼岛屿所产生的不规则布局，和因琼华岛塔和妙应寺白塔所产生的突出点，以及许多坛庙园林的错落，也都增强了规则的布局和不规则的变化的对比。在有了飞机的时代，由空中俯瞰，或仅由各个城楼上或景山顶上遥望，都可以看到北京杰出成就的优异。这是一份伟大的遗产，它是我们人民最宝贵的财产，还有人不感到吗？

北京的交通系统及街道系统

北京是华北平原通到蒙古高原、热河山地和东北的几条大路的分岔点，所以在历史上它一向是一个政治、军事重镇。北京在元朝成为大都以后，因为运河的开凿，以取得东南的粮食，才增加了另一条东面的南北交通线。一直到今天，北京与南方联系的两条主要铁路干线都沿着这两条历史的旧路修筑；而京包、京热两线也正筑在我们祖先的足迹上。这是地理条件所决定。因此，北京便很自然的成了华北北部最重要的铁路衔接站。自从汽车运输发达以来，北京也成了一个公路网的中心。西苑南苑两个飞机场已使北京对外的空运有了站驿。这许多市外的交通网同市区的街道是息息相关互相衔接的，所以北京城是会每日增加它的现代效果和价值的。

今天所存在的城内的街道系统，用现代都市计划的原则来分析，是一个极其合理，完全适合现代化使用的系统。这是一个令人惊讶的事实，是任何一个中世纪城市所没有的。我们不得不又一次敬佩我们祖先伟大的智慧。

这个系统的主要特征在大街与小巷，无论在位置上或大小上，都有明确的分别；大街大致分布成几层合乎现代所采用的"环道";由"环道"明确的有四向伸出的"辐道"。结果主要的车辆自然会汇集在大街上流通，不致无故地去窜小胡同，胡同里的住宅得到了宁静，就是为此。

所谓几层的环道，最内环是紧绕宫城的东西长安街、南北池子、南北长街、景山前大街。第二环是王府井、府右街，南北两面仍是长安街和景山前大街。第三环以东西交民巷，东单东四，经过铁狮子胡同、后门、北海后门、太平仓、西四、西单而完成。这样还可更向南延长，经宣武门、菜市口、珠市口、磁器口而入崇文门。近年来又逐步地开辟一个第四环，就是东城的南北小街、西城的南北沟沿、北面的北新桥大街，鼓楼东大街，以达新街口。但鼓楼与新街口之间因有什刹海的梗阻，要多少费点事。南面则尚未成环（也许可与交民巷衔接）。这几环中，虽然有多少尚待展宽或未完全打通的段落，但极易完成。这是现代都市计划学家近年来才发现的新原则。欧美许多城市都在它们的弯曲杂乱或呆板单调的街道中努力计划开辟成环道，以适应控制大量汽车流通的迫切需要。我们的北京却可应用六百年前建立的规模，只须稍加展宽整理，便可成为最理想的街道系统。这的确是伟大的祖先留给我们的"余荫"。

有许多人不满北京的胡同，其实胡同的缺点不在其小，而在其泥泞和缺乏小型空场与树木。但它们都是安静的住宅区，有它的一定优良作用。在道路系统的分配上也是一种很优良的秩序，这些便是我们发展的良好基础，可以予以改进和提高的。

北京城的土地使用——分区

我们不敢说我们的祖先计划北京城的时候，曾经计划到它的土地使用或分区。但我们若加以分析，就可看出它大体上是分了区的，而且在位置上大致都适应当时生活的要求和社会条件。

内城除紫禁城为皇宫外，皇城之内的地区是内府官员的住宅区。皇城以外，东西交民巷一带是各衙署所在的行政区（其中东交民巷在辛丑条约之后被划为“使馆区”）。而这些住宅的住户，有很多就是各衙署的官员。北城是贵族区，和供应它们的商店区，这区内王府特别多。东西四牌楼是东西城的两个主要市场；由它们附近街巷名称，就可看出。如东四牌楼附近是猪市大街、小羊市、驴市（今改“礼士”）胡同等；西四牌楼则有马市大街、羊市大街、羊肉胡同、缸瓦市等。

至于外城，大体的说，正阳门大街以东是工业区和比较简陋的商业区，以西是最繁华的商业区。前门以东以商业命名的街道有鲜鱼口、瓜子店、果子市等；工业的则有打磨厂、梯子胡同等等。以西主要的是珠宝市、钱市胡同、大栅栏等，是主要商店所聚集；但也有粮食店、煤市街。崇文门外则有巾帽胡同、木厂胡同、花市、草市、磁器口等等，都表示着这一带的土地使用性质。宣武门外是京官住宅和各省府州县会馆区，会馆是各省入京应试的举人们的招待所，因此知识分子大量集中在这一带。应景而生的是他们的“文化街”，即供应读书人的琉璃厂的书铺集团，形成了一个“公共图书馆”；其中掺杂着许多古玩铺，又正是供给知识分子观摩的“公共文物馆”。其次要提到的就是文娱区，大多数的戏院都散布在前门外东西两侧的商业区中间。大众化的杂耍场集中在天桥。至于骚人雅士们则常到先农坛迤西洼地中的陶然亭吟风咏月，饮酒赋诗。

由上面的分析，我们可以看出，以往北京的土地使用，的确有分区的现象。但是除皇城及它迤南的行政区是多少有计划的之外，其他各区都是在发展中自然集中而划分的。这种分区情形，到民国初年还存在。

到现在，除去北城的贵族已不贵了，东交民巷又由“使馆区”收复为行政区而仍然兼是一个有许多已建立邦交的使馆或尚未建立邦交的“使馆”所在区，和西交民巷成了银行集中的商务区而外，大致没有大改变。近二三十年来的改变，则在外城建立了几处工厂。王府井大街因为东安市场之开辟，再加上供应东交民巷帝国主义外交官僚的消费，变成了繁盛的零售商店街，部分夺取了民国初年军阀时代前门外的繁荣。东西单牌楼之间则因长安街三座门之打通而繁荣起来，产生了沿街“洋式”店楼型制。全城的土地使用，比清末民初时期显然增加了杂乱错综的现象。幸而因为北京以往并不是一个工商业中心，体形环境方面尚未受到不可挽回的损害。

北京城是一个具有计划性的整体

北京是中国（可能是全世界）文物建筑最多的城。元、明、清历代的宫苑，坛庙，塔寺分布在全城，各有它的历史艺术意义，是不用说的。要再指出的是：因为北京是一个先有计划然后建造的城（当然，计划所实现的都曾经因各时代的需要屡次修正，而不断地发展的）。它所特具的优点主要就在它那具有计划性的城市的整体。那宏伟而庄严的布局，在处理空间和分配重点上创造出卓越的风格，同时也安排了合理而有秩序的街道系统，而不仅在它内部许多个别建筑物的丰富的历史意义与艺术的表现。所以我们首先必须认识到北京城部署骨干的卓越，北京建筑的整个体系是全世界保存得最完好的，而且继续有传统的、活力的、最特殊、最珍贵的艺术杰作。这是我们对北京城不可忽略的起码认识。

就大多数的文物建筑而论，也都不仅是单座的建筑物，而往往是若干座合组而成的整体，为极可宝贵的艺术创造，故宫就是最显著的一个例子。其他如坛庙、园苑、府第，无一不是整组的文物建筑，有它全体上的价值。我们爱护文物建筑，不仅应该爱护个别的一殿、一堂、一楼、一塔，而且必须爱护它的周围整体和邻近的环境。我们不能坐视，也不能忍受一座或一组壮丽的建筑物遭受到各种各式直接或间接的破坏，使它们委屈在不调和的周围里，受到不应有的宰割。过去因为帝国主义的侵略，和我们不同体系、不同格调的各型各式的所谓洋式楼房，所谓摩天高楼，摹仿到家或不到家的欧美系统的建筑物，庞杂凌乱的大量渗到我们的许多城市中来，长久地劈头拦腰破坏了我们的建筑情调，渐渐地麻痹了我们对于环境的敏感，使我们习惯于不调和的体形或习惯于看着自己优美的建筑物被摒斥到委曲求全的夹缝中，而感到无可奈何。我们今后在建设中，这种错误是应该予以纠正了。代替这种蔓延野生的恶劣建筑，必须是有计划有重点的发展，比如明年，在天安门的前面，广场的中央，将要出现一座庄严雄伟的人民英雄纪念碑。几年以后，广场的外围将要建起整齐壮丽的建筑，将广场衬托起来。长安门（三座门）外将是绿阴平阔的林阴大道，一直通出城墙，使北京向东西城郊发展。那时的天安门广场将要更显得雄壮美丽了。总之，今后我们的建设，必须强调同环境配合，发展新的来保护旧的，这样才能保存优良伟大的基础，使北京城永远保持着美丽、健康和年轻。

北京城内城外无数的文物建筑，尤其是故宫、太庙（现在的劳动人民文化宫）、社稷坛（中山公园）、天坛、先农坛、孔庙、国子监、颐和园等等，都普遍地受到人们的赞美。但是一件极重要而珍贵的文物，竟没有得到应有的注意，乃至被人忽视，那就是伟大的北京城墙。它的产生，它的变动，它的平面形成凸字形的沿革，充满了历史意义，是一个历史现象辩证的发展的卓越标本，已经在上文叙述过了。至于它的朴实雄厚的壁垒，宏丽嶙峋的城门楼、箭楼、角楼，也正是北京体形环境中不可分离的艺术构成部分，我们还需要首先特别提到。苏联人民称斯摩棱斯克的城墙为苏联的项链，我们北京的城墙，加上那些美丽的城楼，更应称为一串光彩耀目的中华人民的璎珞了。古史上有许多著名的台——古代封建主的某些殿宇是筑在高台上的，台和城墙有时不分，——后来发展成为唐宋的阁与楼时，则是在城墙上含有纪念性的建筑物，大半可供人民登临。前者如春秋战国燕和赵的丛台、西汉的未央宫、汉末曹操和东晋石赵在邺城的先后两个铜雀台，后者如唐宋以来由文字流传后世的滕王阁、黄鹤楼、岳阳楼等。宋代的宫前门楼宣德楼的作用也还略像一个特殊的前殿，不只是一个仅具形式的城楼。北京峋峙着许多壮观的城楼角楼，站在上面俯瞰城郊，远览风景，可以供人娱心悦目，舒畅胸襟。但在过去封建时代里，因人民不得登临，事实上是等于放弃了它的一个可贵的作用。今后我们必须好好利用它为广大人民服务。现在前门箭楼早已恰当地作为文娱之用。在北京市各界人民代表会议中，又有人建议用崇文门、宣武门两个城楼做陈列馆，以后不但各城楼都可以同样的利用，并且我们应该把城墙上面的全部面积整理出来，尽量使它发挥它所具有的特长。城墙上面面积宽敞，可以布置花池，栽种花草，安设公园椅，每隔若干距离的敌台上可建凉亭，供人游息。由城墙或城楼上俯视护城河与郊外平原，远望西山远景或紫禁城宫殿。它将是世界上最特殊的公园之一 —— 一个全长达 39.75 公里的立体环城公园！

我们应该怎样保护这庞大的伟大的杰作？

人民中国的首都正在面临着经济建设、文化建设——市政建设高潮的前夕。解放两年以来，北京已在以递加的速率改变，以适合不断发展的需要。今后一二十年之内，无数的新建筑将要接踵的兴建起来，街道系统将加以改善，千百条的大街小巷将要改观，各种不同性质的区域将要划分出来。北京城是必须现代化的；同时北京城原有的整体文物性特征和多数个别的文物建筑又是必须保存的。我们必须"古今兼顾，新旧两利"。我们对这许多错综复杂问题应如何处理？是每一个热爱中国人民首都的人所关切的问题。

如同在许多其他的建设工作中一样，先进的苏联已为我们解答了这个问题，立下了良好的榜样。在《苏联沦陷区解放后之重建》一书中，苏联的建筑史家 N. 窝罗宁教授说：

"计划一个城市的建筑师必须顾到他所计划的地区生活

的历史传统和建筑的传统，在他的设计中，必须保留合理的、有历史价值的一切和在房屋类型和都市计划中，过去的经验所形成的特征的一切；同时这城市或村庄必须成为自然环境中的一部分。……新计划的城市的建筑样式必须避免呆板硬性的规格化，因为它将掠夺了城市的个性；他必须采用当地居民所珍贵的一切。

“人民在便利、经济和美感方面的需要，他们在习俗与文化方面的需要，是重建计划中所必须遵守的第一条规则。”（注：引自 N. 窝罗宁著《苏联沦陷区解放后之重建》一九四四年英文版第十六页）

窝罗宁教授在他的书中举了许多实例。其中一个被称为“俄罗斯的博物院”的诺夫哥罗德城，这个城的“历史性文物建筑比任何一个城都多”。

“它的重建是建筑院院士舒舍夫负责的。他的计划作了依照古代都市计划制度重建的准备——当然加上现代化的改善。……在最卓越的历史文物建筑周围的空地将布置成为花园，以便取得文物建筑的观景。若干组的文物建筑群将被保留为国宝；……

“关于这城……的新建筑样式，建筑师们很正确地拒绝了庸俗的‘市侩式’建筑，而采取了被称为‘地方性的拿破仑时代式’建筑，因为它是该城原有建筑中最典型的样式。

“……建筑学者们指出：在计划重建新的诺夫哥罗德的设计中，要给予历史性文物建筑以有利的位置，使得在远处近处都可以看见它们的原则的正确性。

“对于许多类似诺夫哥罗德的古俄罗斯城市之重建的这种研讨将要引导使问题得到最合理的解决，因为每一个意见都是对于以往的俄罗斯文物的热爱的表现。”（注：引自 N. 窝罗宁著《苏联沦陷区解放后之重建》一九四四年英文版第七十九页）

怎样建设“中国的博物院”的北京城，上面引录的原则是正确的。让我们向诺夫哥罗德看齐，向舒舍夫学习。

一九五一年四月十五日

脱稿于清华园

初刊于 1951 年 4 月《新观察》第 7、第 8 期时署名梁思成。梁思成在文后所附“声明”：“本文虽是作者答应担任下来的任务，但在实际写作进行中，都是同林徽因分工合作，有若干部分还偏劳了她。”本集据此收入。

景泰蓝新图样设计

一、我们如何接受了新图样工作设计

北京特种工艺（包括景泰蓝，烧瓷，雕漆，挑补花，地毯，象牙玉石雕刻，绒绢纸花，料器等十余种行业）在过去一向是受压迫行业的艺术。在经济上先是仰赖封建阶级的“恩赐”，后来则呻吟在中间商人，买办，和帝国主义“洋商”的剥削下，勉强维持，作为一种艺术活动，它们也是被压迫的，受尽屈辱的。这主要表现在图样方面的循规蹈矩，师守成法，偏向无原则的繁琐工巧。——工匠师傅们虽然尽了最大努力制作出一些高度精致工细的作品，但是他们没有能够发挥出他们真正的创造力。

北京特种工艺风格繁琐呆板的原因是北京特种工艺在满清时代是用来装点少数封建贵族的生活的，是为了迎合日趋没落的封建贵族的堕落思想和感情来制作的。在帝国主义侵入中国以后，北京特种工艺被帝国主义的殖民者喜爱。他们把中国看作不文明，稀奇古怪。他们也就把北京特种工艺当作不文明和稀奇古怪的代表，并且更近一步鼓励往稀奇古怪的方向发展。这样也就使北京特色手工艺更脱离了人民和我国原有的健康传统，主要地变成了外销商品。

仰赖外销，经济上的不能自主是随着北京特种工艺的堕落的宫廷风格而来的，而又成为北京特种工艺品质低落的原因。

这种情况到北京解放以后开始有了本质上的变化。在去年六月公营北京特种工艺公司成立以后，这个变化已经非常具体了。去年下半年抗美援朝运动开始了，更针对美帝的封锁，展开了对美帝的经济斗争，直到今天，北京特种工艺在各级政府的领导下，尤其在北京特种工艺公司的具体领导下，已经完全走上了自主地发展的道路。

新图样设计的目的，是为了配合全面地争取自主地发展的工作。所以新图样设计工作的中心任务就是同封建主义的，帝国主义的，买办的残余影响，不良作风进行斗争。

去年六月，北京特种工艺公司初成立时，同清华大学营建系服务部研讨了新图样设计和改良图案的问题。清华同人也愿意把过去曾进行过的景泰蓝新图样设计的尝试性的工作，变成一件正式的有组织有计划的工作，所以便接受了公司的委托。在过去这一年的工作中，我们深深体验到，如果没有北京特种工艺公司的领导，不同公司领导的其他方面的工作，尤其是经济上的翻身运动结合起来，新图样设计的展开是不可能的；不同全国整个政治形势，经济形势的发展配合起来，新图样设计工作的展开更是不可能的。

二、我们如何进行新图样设计工作

我们的设计总的方向是为了产生新中国的新的人民工艺而努力。这个新的人民工艺必须是民族的，科学的，大众的。

所谓民族的就是要表现出我们民族风格的伟大的丰富的内容。旧日景泰蓝中有模仿日本七宝烧的。例如装饰杂花的萝葡瓶，花纹胎形和色彩都是日本作风。这是我们坚决反对的。我们还反对，例如象牙雕刻中的半裸体美人，或林黛玉式的病美人，那是低级的庸俗的。我们还反对一向因袭保守满清末年西太后时期的繁琐杂乱，病弱无力的古怪作风。因为那不是我们民族传统中好的一部分，那不是我们的优良传统。我们要求承继优良的传统，而且不只是承继，我们还要求发展出新的民族工艺。它们必须是民族的，而更重要的是它们必须是今天的。

所谓科学的至少包括两点：（1）新图样的设计必须从技术和材料出发。设计一定要充分利用技术和材料上的特长方便，一定要避重就轻，使一定的技术和材料在它的限制之内充分发挥它的长处回避了它的短处，这样才能使设计出来的东西可以省工省料。（2）设计的东西要合于使用，便于使用，并且牢固耐久。反对过去有闲者嗜好的单纯小摆设。

所谓大众的就是我们必须照顾到大众的购买力。从简化图案和尽量利用制造时避重就轻的办法，求其省工省料。当然，工厂中能同时改进技术和改善经营方式，使减低成本那就更好了。设计小件的器皿也是适应大众购买力的一种办法。此外，工艺品有实用价值时，购买的兴趣也可以提高的。大众化另一个主要的问题是如何适应群众的喜好，这个问题也就是如何向群众学习，了解群众的爱好习惯的问题。设计不能完全从个人出发，但是也不能成为群众的尾巴，例如七宝烧作风的景泰蓝和象牙雕刻的半裸体美人等即使有销路也是错误的。

以上所说是我们工作总的方向。概括的说便是我们设计的目标，是产生好看，好用，省工，省料的工艺品。

我们实际工作时就是基于这些原则，从以下三方面进行景泰蓝的设计的。

（一）我们对于景泰蓝的制作技术和釉料性质本来一无所知。我们的设计过程就成为我们的学习过程。过去指导我们最多的是作坊中一些老师傅们。现在公司正式成立了实验工厂使我们有了更好的学习机会。一些有关技术和材料的初步的基本的常识我们已经摸着了一点门路。

（二）为了适于实用，为了适应一般市场购买力，我们尽量设计小件而有用的东西。但是景泰蓝因材料的限制，实用的范围较狭。铜胎不宜于装水，甚至作为可能被溅上水的器物也不合适。所以花瓶，饮食用具都是不可能尝试的。结果我们所设计的大都是台灯和烟具。但是我们也发现有一种很简单的东西在使用上是变化多端的，就是有盖的小罐和小盒。罐盒之类可以用来装纽扣，针线，邮票，糖果，首饰等等，是一种能够适应多种不同场合不同生活的方便的容器。我们时时刻刻在思索着扩大景泰蓝的使用范围。将来在制作技术上，在原料获得改善时，这个问题当比较容易解决。至于在目前，客观事实既然限制着我们，那么在一定的客观限制之下尽量采取解决问题的方法正是设计者的主要任务之一。

最近我们也曾设计了几件装饰性的大件东西。那是为了公司参加各地展览会，以便有效的介绍北京特种工艺。此外更因为我们时常有国际性的友谊馈赠，也需要一些比较庄重富丽的大件。所以今春以来，我们偏重于设计一尺左右的大件。

（三）关于新图样设计中最使朋友们关心的问题便是花纹图样，美的表现的处理问题。在这一问题上我们必须说明七点：

1. 新图样设计并不是单纯设计花纹。——一件好看的东西，除了花纹好看以外，还要形体好看，颜色还看，而且要三者配合得好看。新图样设计必须同时包括这三个因素，要把三个因素联系在一起考虑才能进行设计。新图样设计决不是仅只拟出了一种新颖的花纹。花纹不是一个虚空的花纹，它必须附着在一定的形体上，和这个形体有可分的有机关系。它必须具有一定的色彩的光泽。色彩光泽是花纹的具体的形象上的内容。我们要求三者：花纹，形体，颜色的统一的效果。所以把同一花纹随意变换它的颜色，或者随意搬家，从瓶子上搬到碟子上，而不经过慎重的考虑，都是不妥当的。

2. 花纹形体和颜色统一的一致的效果。——我们要求一件器物，一眼望过去就产生单纯的完整的明朗的印象。与单纯完整明朗的效果相反的便是我们在前面所说过的满清末年以来的旧作风。旧作风的景泰蓝，形体是病态的软弱无力的，甚至畸形的，稀奇古怪的。花纹是繁琐的零碎的，颜色是五颜六色的，杂乱无章的。三者在一起既不统一，也不完整，而是互相扰乱。

3. 新图样设计中花纹是最次要的考虑——我们的设计在形体的决定上选择一些健康、挺拔、有生气、有气概的形体。颜色方面时常利用鲜明的对比色或近似的接近色。花纹只是界割颜色，分布颜色，陪衬着形体，呼应着形体，加强形体的装饰性的手段。所以我们的设计往往是以形体为第一位的，首要的、有决定性的因素加以考虑的，其次是颜色，最后才是花纹。

4. 新图样设计反对花纹的繁琐零碎，并不笼统的反对丝工的精细。——对于旧作风的景泰蓝，有人往往只注意到花纹的繁琐零碎，而赞美其精致工细。这是片面的看法。精致工细，单纯从技术上看，我们工匠师傅的技术水平是达到了惊人的高度。但是作得细致并不等于好看，就如涂脂抹粉，描眉勾鬓的并不一定就是美人。一件非常丑怪的东西也可以作得非常细致。而且往往过分的装扮恰恰就变成了丑怪。盲目的追求精致工细是没有意义的，而且是一种浪费。而且这正是过去封建统治者扼杀我们创造力，压迫我们，窒息我们的发展的手段。以无限制的浪费人工材料为美的标准是腐朽的残暴的封建主义的特征之一。

我们并不一般的，笼统的反对作工的讲究，尤其是丝工的讲究。而且相反，我们要求，绝对要求作工的准确，认真，严格，一丝不苟。我们反对产生繁琐零碎效果的精致工细，并不是主张偷工减料的粗糙马虎。

过去的景泰蓝，例如大家一向推崇的乾隆时代的景泰蓝，是只宜于近看的，因为唯有拿在手中仔细端详才能看出丝工的精细。但在配色上，不调和的居绝大一部分。丝工的精细是景泰蓝唯一可以值得欣赏的。但是今天，虽然我们也要求新的景泰蓝仍是可以近看的，近看仍可以欣赏其作工的严谨准确。但是丝工的严谨准确不必是细碎繁琐。而同时，更重要的是必须也宜于远看。不必拿在手中，远远摆在桌上就非常触目，引人注意。这样就必须要把它产生单纯完整明朗的印象，如前面第二点所说的。

5. 在我们的设计中，若单纯花纹来说，我们会尽量利用古代花纹图案的精华。把古代工艺家的杰作作为我们组织花纹的借鉴。在选择了一种古代花纹的时候，我们先进行分析研究，总结出它的规律。根据它特有的规律，例如虚实相间的规律，疏密对比的规律，曲线重复应用的规律等，然后把它重新组织到一个新的形体上去，给它一个新的安排。通过今天景泰蓝的新材料与新技术，让古代工艺的精美成就重新再出现一次。大家看了今天的景泰蓝还能联想到，认识到我们的老祖宗的创造力的杰出的智慧。这不是单纯的仿古，因为它们是重新组织过了，并且充分发挥着景泰蓝材料和技术的特有性能。

在景泰蓝的新图样设计中，我们是作着各式各样的试验。最初我们主要的借鉴于古代铜器花纹。因为我们对于景泰蓝最初只认识到它的庄重端丽，风格上和铜器相似。经过一年来的试验，我们发现景泰蓝的表现能力很强。它可以表现出很多种其他的材料所能表现出的风格。景泰蓝能产生古玉的温润的半透明的效果，也能够有宋瓷的自然活泼，锦缎的富丽，甚至京剧的面谱也给我们以启发。我们曾利用过建筑彩画的手法，战国金银错的手法，唐宋以来乌木或黑漆镶嵌的手法。尤其今春，敦煌文物展览开幕以来，敦煌艺术宝库的丰富内容更供给我们大批材料。结合着这个展览，结合着爱国主义教育，同时为了推动古人以创造新艺术的运动，我们吸收敦煌图案来设计了景泰蓝，并且也试验带画烧瓷，使烧瓷也表现活泼生动的新风格。

6. 因为我们的试验是各工各样的。所以设计出来的东西的风格也是各式各样的。尽管还不够多，而已经有了变化过多的感觉。然而这正是我们的目的。我们的目的就是多样和变化，以尝试着开辟新的道路。我们要求新，然而不离开传统的基础。我们需要从传统出发，然而我们不作死板的抄袭和机械的模仿。完全的新创或完全是机械的抄袭模仿都不能解决今天新工艺的问题。

7. 景泰蓝的新图样设计到今天还说不上有什么成绩。但是已经起了一些作用。

在消极方面，新图样的出现消灭了许多顾虑。例如顾虑没有人要，顾虑会增加成本等，现在大体上已经不存在了。

在积极方面，第一起了教育作用，有人认为中国花纹只有龙和凤。有一位眼光狭隘的领导干部在北京特种工艺公司参观，竟认为新图样的景泰蓝不是中国花纹。那么，这些景泰蓝，恰可以扩大一部分人的眼界，进行了爱国主义的教育。第二新图样的景泰蓝已经带动了工厂作坊中的工匠师傅。他们不仅要求供给新图样，在仿制新图样，而且也在创造新图样。这个现象是值得欢迎的，掌握了技术的师傅们积极起来为景泰蓝的新生命而努力，制作和设计的密切结合是中国工艺的优良传统，也是将来新工艺发展的必然的途径。

三、我们工作的检讨

我们工作的方针和经过大致如上所说。这些方针中间也许还存在许多问题，甚至可能有不正确的地方。同时我们所设计出来的东西还存着许多缺点。失败的，考虑得不够成熟的，违反我们自己所提出的方针原则的，都有一些例子。（中略）我们诚恳的希望大家多提意见，帮助我们改进。并且今后大家一起团结在北京特种工艺公司周围，共同为开展新图样设计工作而奋斗，为发展新中国的新的人民工艺而奋斗。

刊于1951年8月13日《光明日报》，系清华大学营建系于1951年5月19日在北京特种工艺专业会议上报告的摘要。原署名“清华大学营建系”。据清华大学楼庆西教授考订，著者为林徽因。原题为《景泰蓝新图样设计工作一年总结》。

编后记

“你是爱，是暖，是希望，你是人间的四月天！”

林徽因是民国一代才女，既是一位著名的现代作家，又是中国第一位女性建筑学家。要想真正地了解和读懂林徽因，这二者缺一不可。她文理兼通、博雅融洽，在建筑学、美术学和文学创作上都表现出惊人的才华。而在现实中，人们更多地关注了作为作家的林徽因。

林徽因作为现代中国极具特色的学者型女作家，她的文笔清新隽永，婉约柔丽，情思绵密，其作品探索生活和情爱的哲理，蕴涵丰厚的人文内涵。诗歌、小说、散文等文学作品，是林徽因在从事建筑学教学和研究之余创作的，而这为数不多的文学创作足以奠定她在现代文学史上的地位。费慰梅认为，林徽因“能够以其精致的洞察力为任何一门艺术留下自己的印痕”。

林徽因既是才貌双全的名门闺秀、京城名媛，又是接受西方文明熏陶的现代知识女性。她是北总布胡同京派文学沙龙的主人，她的文学修养和人格魅力使得“太太的客厅”闻名遐迩，影响深远。1931 年 4 月，她的第一首诗《“谁爱这不息的变幻”》发表于《诗刊》。以后几年中，又在《诗刊》《新月》《北斗》《大公报》《文学杂志》等，先后发表了几十篇作品。统观林徽因一生的著作，既有严谨的科学内涵，又充满了诗情画意，她把建筑学家的科学精神和作家的文学气质融合得浑然天成。

才女林徽因绝不是沉沦于情爱纠葛的普通女性，她有着更为开阔的视野与深沉的情怀。从1930年到1945年，梁思成林徽因夫妇二人共同走过中国的15个省，190多个县，考察测绘了近两千处古建筑物，并开创了中国学者开展古建筑考察与研究的历史先河。多年颠沛流离的生活和艰苦的物质条件，使她的肺病愈益严重，难以根除，终至不治。在生命的最后几年，她依然热心投身于她所热爱的事业——关注城市规划建设和文物古迹保护，挽救濒于停业的景泰蓝传统工艺，参与国徽设计和人民英雄纪念碑设计……

林徽因的墓碑上，镌刻着：建筑师林徽因墓。在阅读她的文字之余，作为建筑师的林徽因也是我们不应忘记的，也是需要我们用心阅读并致敬的。

编者　张勇

2015年11月

图书在版编目（CIP）数据

林徽因精选集 / 林徽因著；王任主编．—济南：齐鲁书社，2016.7

（民国文学名家精选集）

ISBN 978-7-5333-3495-6

Ⅰ．①林… Ⅱ．①林… ②王… Ⅲ．①中国文学－现代文学－作品综合集 Ⅳ．①I216.2

中国版本图书馆CIP数据核字（2016）第129136号

林徽因精选集

林徽因 著　王任 主编　本册编者 张勇

主管单位	山东出版传媒股份有限公司
出版发行	齊魯書社
社　　址	济南市英雄山路189号
邮　　编	250002
网　　址	www.qlss.com.cn
电子邮箱	qilupress@126.com
营销中心	（0531）82098521　82098519
印　　刷	山东临沂新华印刷物流集团有限责任公司
开　　本	787mm×1092mm　1/32
印　　张	8.5
插　　页	4
字　　数	143千
版　　次	2016年7月第1版
印　　次	2016年7月第1次印刷
标准书号	ISBN 978-7-5333-3495-6
定　　价	**28.00元**